光文社文庫

文庫書下ろし／長編時代小説

# 激闘
## 隠密船頭（四）

稲葉　稔



光　文　社

この作品は光文社文庫のために書下ろされました。

『激闘』目次

小石川
白山
伝通院
神明宮
中山道
駒込
水戸徳川家
春日町
水道橋
千駄木
駒込追分
加賀前田家
本郷
道灌山
霊雲寺
日暮里
湯島天神
神田大明神
池之端仲町
不忍池
弁天
明神下
根岸
谷中
下谷広小路
東叡山寛永寺
下谷金杉町
御徒町
三味線堀
広徳寺
幡随院
下谷竜泉寺町
甚内橋
元鳥越町
鳥越川
千住大橋
阿部川町
新吉原
御蔵前片町代地
新堀川
日本堤
東本願寺
御蔵前
御蔵前通り
浅草寺
小塚原
首尾の松
御米蔵
田原町
西仲町
材木町
浅草広小路
奥山
浅草
山谷町
並木町
駒形町
新鳥越町
新鳥越橋
雷門
御厩河岸之渡し
花川戸町
日光道中
駒形堂
浅草
竹町之渡し
吾妻橋
山谷堀
今戸橋
今戸町
浅草橋場町
揚場
白鬚之渡し
中之郷竹町
瓦町
中之郷
源森川
竹屋之渡し
三囲稲荷
長命寺
向島墨堤
木母寺
隅田村
小梅村
北割下水
須崎村
寺島村
業平橋
小梅村
押上村
亀戸天神

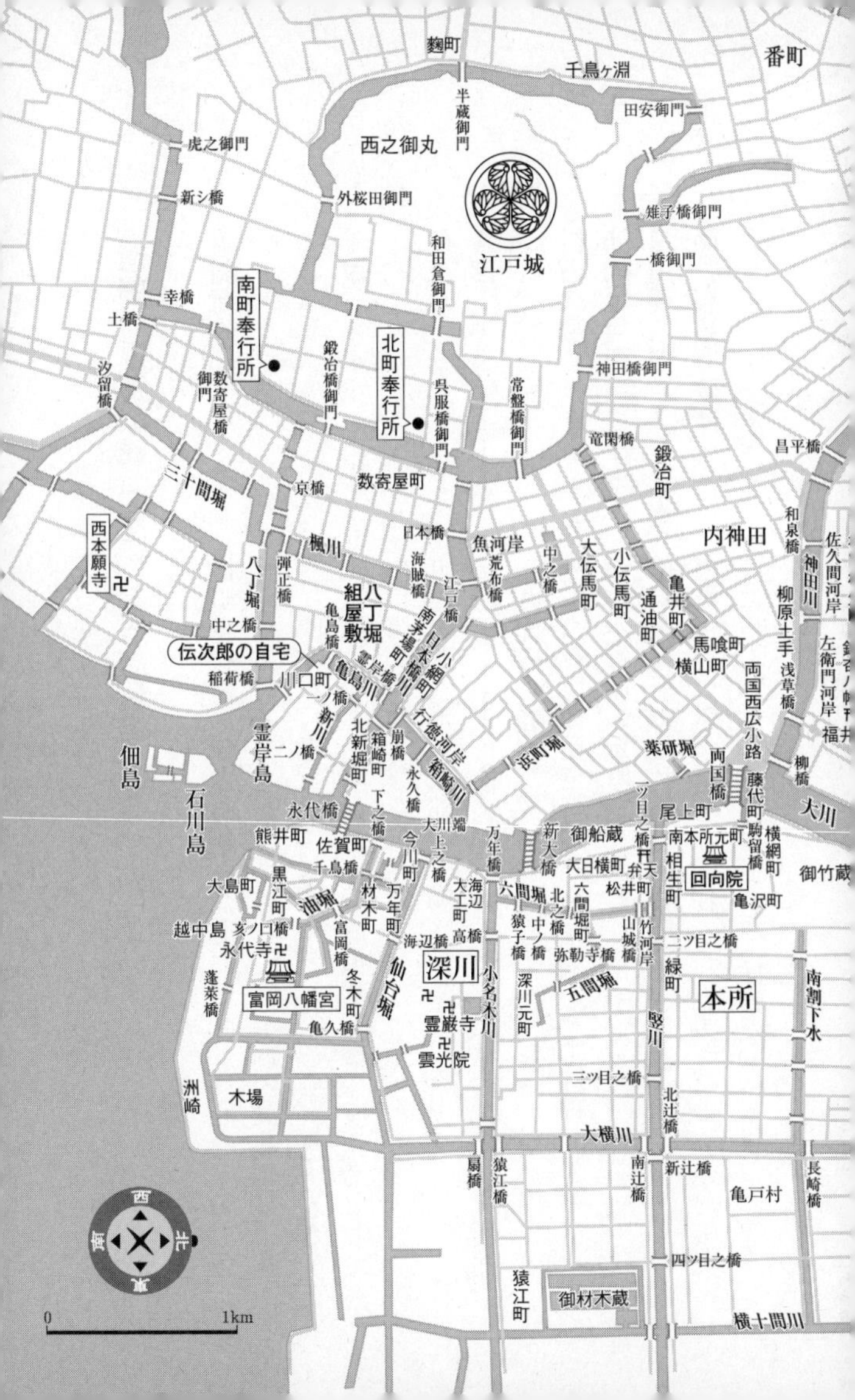

麹町
番町
千鳥ヶ淵
半蔵御門
田安御門
虎之御門
西之御丸
新シ橋
外桜田御門
雉子橋御門
江戸城
和田倉御門
一橋御門
幸橋
南町奉行所
土橋
鍛冶橋御門
北町奉行所
汐留橋
数寄屋橋御門
呉服橋御門
常盤橋御門
神田橋御門
竜閑橋
昌平橋
鍛冶町
三十間堀
京橋
数寄屋町
日本橋
魚河岸
内神田
西本願寺
楓川
荒布橋
中之橋
大伝馬町
小伝馬町
和泉橋
佐久間河岸
神田川
八丁堀
弾正橋
海賊橋
江戸橋
八丁堀組屋敷
通油町
亀井町
柳原土手
中之橋
亀島橋
南茅場町
日本橋川
小網町
馬喰町
横山町
左衛門河岸
浅草橋
伝次郎の自宅
稲荷橋
川口町
霊岸橋
亀島川
両国西広小路
一ノ橋
新川
北新堀町
箱崎町
崩橋
行徳河岸
箱崎川
浜町堀
薬研堀
両国橋
柳橋
霊岸島
二ノ橋
佃島
永久橋
藤代町
永代橋
下之橋
一ツ目之橋
尾上町
大川
石川島
熊井町
大川端
上之橋
今川町
万年橋
新大橋
御船蔵
南本所元町
駒留橋
横網町
佐賀町
千鳥橋
大日横町
弁天町
相生町
回向院
御竹蔵
大島町
黒江町
油堀
材木町
万年町
海辺大工町
六間堀
北之橋
六間堀町
松井町
亀沢町
越中島
亥ノ口橋
富岡橋
海辺橋
高橋
猿子橋
中ノ橋
山城橋
竹河岸
二ツ目之橋
永代寺
深川
小名木川
弥勒寺橋
緑町
蓬莱橋
冬木町
仙台堀
深川元町
五間堀
竪川
本所
南割下水
富岡八幡宮
霊巌寺
亀久橋
雲光院
三ツ目之橋
洲崎
木場
北辻橋
大横川
扇橋
猿江橋
南辻橋
新辻橋
長崎橋
亀戸村
西
北
東
南
四ツ目之橋
猿江町
御材木蔵
0
1km
横十間川

# 『激闘　隠密船頭（四）』おもな登場人物

沢村伝次郎…………南町奉行所の元定町廻り同心。一時、同心をやめ、生計のために船頭となっていたが、奉行の筒井和泉守政憲に呼ばれ、奉行の「隠密」として命を受けている。

千草……………………伝次郎の妻。伝次郎の奉行所復帰を機に、新造として川口町の屋敷へ移る。

与茂七………………町方となった伝次郎の下働きをしている小者。

粂吉……………………伝次郎が手先に使っている小者。元は先輩同心・酒井彦九郎の小者だが、伝次郎の手先をしている。

松田久蔵……………南町奉行所の元定町廻り同心で、いまは組の年寄役。

加納半兵衛…………南町奉行所の定町廻り同心。

白川権八郎…………南町奉行所の臨時廻り同心。

筒井和泉守政憲……南町奉行。名奉行と呼ばれる。船頭となっていた伝次郎に声をかけ、「隠密」として探索などを命じている。

# 激闘

## 隠密船頭（四）

# 第一章　恵比寿屋事件

## 一

その咎人《とがにん》が南町奉行所《ぶぎょうしょ》に引き立てられてきたのは、町木戸《まちきど》の閉まる四つ（午後十時）過ぎのことだった。

咎人は、松井助三郎《まついすけさぶろう》という浪人だった。

助三郎はその夜、北紺屋町《きたこんやちょう》にある佐島屋《さじま》という料理屋で、他の客と口論の末、相手に暴行を加え、止めに入った者に傷を負わせたばかりでなく、店の器物を損壊していた。

知らせを受けた当番方《とうばんかた》の同心《どうしん》が二人がかりで助三郎を押さえ、事情を聞いた上で口書《くちがき》を取り、そのまま奉行所に引き立ててきたのだった。

助三郎を押さえた二人の同心は、さらに店からも話を聞かねばならず、その間、罪状をはっきりさせるために、牢屋敷に留め置くべきだと判断した。

通常であれば、近くの自身番《じしんばん》に一泊留置《とめおき》、あるいは大番屋《おおばんや》預けになるが、たまたま自身番にも大番屋にも空きがなく、牢送りにするしかなかった。

助三郎を捕縛した二人の同心は、内与力《うちよりき》に取り次ぎ、入牢《じゅろう》の申しわたしを奉行から受けなければならなかった。

この入牢の申しわたしは、昼夜関係なく行われるので、町奉行は多忙を極める。

「ご苦労であるな。しばし待て」

事情を聞いた内与力の長谷川新兵衛《はせがわしんべえ》は、二人の同心と松井助三郎をその場に待たせたまま奥に下がった。

長谷川は奉行の筒井政憲《つついまさのり》に伺いを立て、そのうえで奉行に代わり入牢を申しつけるはずだ。助三郎を捕縛した同心の市村清五郎《いちむらせいごろう》と勝又重蔵《かつまたじゅうぞう》はそう考えていた。

深夜近い時刻であるから町奉行所は静かである。玄関もしーんと静まっていて、羽織袴姿の二人の玄関番が端然《たんぜん》と座っている。その奥の広間にも三人の侍が厳粛《げんしゅく》に座っていた。

この玄関番は、中番《なかばん》と呼ばれ、奉行が異動になればいっしょについて行く家来が勤めている。いわゆる奉行直属の家来である。

異変が起きたのは、内与力の長谷川新兵衛が奥に消えて間もなくのことだった。

「しょんべんしてぇ……」

後ろ手に縛られている助三郎が、勝又重蔵の顔を見て言った。

「いましばらく辛抱《しんぼう》しておれ」

「漏れそうだ」

助三郎は我慢できないというように足踏みをした。

「しようのないやつだ」

市村清五郎が顔をしかめると、目の前に座っている玄関番が助三郎を見てくすりと笑った。その瞬間だった。なんと助三郎が玄関上の式台《しきだい》に跳びあがったのだ。

「や……」

清五郎が驚きに目を剝《む》き、慌《あわ》てたときには、助三郎は玄関番のひとりを突き倒し、その背後に置かれていた刀を奪い取って、左手の廊下に逃げていた。

広間にいた三人の侍もそのことに慌《あわ》てふためき、助三郎を追った。市村清五郎と勝又重蔵もあとを追う。

「待て！　待たぬか！」

清五郎が怒鳴り声を発すると、広間にいた侍のひとりが、玄関番に向かって、

「おぬしらは、ここにおるのだ」

と、命じ助三郎を追った。

静寂に包まれていた奉行所内がいきおい騒々《そうぞう》しくなった。

逃げる足音、追う足音、開け閉めされる襖《ふすま》や障子の音、さらに「何事だ！」という声に「待たぬか」という怒声《どせい》が交錯《こうさく》する。

市村清五郎は勝又重蔵とともに、助三郎を追いながら、

「あやつ、いつの間に縄をほどいたのだ」

と、清五郎が言えば、

「わかりません」

と、重蔵が答える。

「とにかく捕まえるのだ！」

清五郎は血相《けっそう》を変えて奉行所内の廊下を駆けた。

沢村伝次郎《さわむらでんじろう》は隣の夜具《やぐ》に横になった連れ合いの千草《ちぐさ》の気配を感じ、ようやく眠りに落ちようとしていた。千草が枕許《まくらもと》の行灯《あんどん》を消したのがわかった。

玄関の戸が激しくたたかれたのは、それからすぐのことだった。

（何事だ……）

伝次郎はかっと目を開けたが、寝間《ねま》は闇に包まれていて暗い。

「沢村様、沢村様」

と、慌てる声に、住み込みの与茂七《よもしち》の声が重なった。

「いったい何事だい」

つづいて玄関の戸が開く音。

「沢村様にお取り次ぎ願いします」

「あんた、どこの誰だい？」

与茂七の不機嫌な声を聞いて、伝次郎は夜具を払って半身を起こした。隣に寝ていた千草も起きた。

「わたしは御番所《ごばんしょ》の中間《ちゅうげん》です。御番所で咎人が暴れているんです。取り急ぎ知らせに来たのは、沢村様にも助《すけ》をお願いしたいからです」

その声を聞いた伝次郎はさっと立ちあがると、座敷を抜けて玄関に行った。与茂七と町奉行所使いの中間が見てくる。

「咎人《とがにん》が暴れているというのはどういうことだ？」

「わたしにもよくわからないのですが、当番方が捕まえた咎人が捕《と》り縄《なわ》を抜けて、御番所内に逃げ、女中を人質に取っているんでございます。御番所内は大変な騒ぎです」

「わかった。すぐに行く」

伝次郎は素速く寝間に引き返し、着替えにかかった。話は千草にも聞こえており、着替えを手伝ってくれる。

「御番所で人質を取るなんて……」

「あるまじきことだ」

伝次郎はきゅっと帯を締めると、そのまま足早に座敷に進んだ。与茂七が狼狽《うろた》え顔で、おれも行ったほうがいいでしょうかと、聞いてくる。

「いや、おれひとりでいいだろう。待っておれ」

伝次郎は大小を受け取ると、そのまま表に出た。

すぐに生暖かい夜風に身を包まれる。夜空には満月が皓々《こうこう》と照っている。与茂七が気を利かせて提灯《ちょうちん》を持たせてくれたが、その必要もないほどだ。

八丁堀を急ぎ足で抜け、通町《とおりちょう》まで来ると、伝次郎と同じように知らせを受けたらしい与力・同心の姿があった。

誰もが脇目も振らず南町奉行所に急いでいる。

伝次郎が奉行所表門脇の潜《くぐ》り戸を入ると、玄関前も与力番所前の庭も人であふれていた。捕り方の同心らは捻《ねじ》り鉢巻きに襷《たすき》を掛け、捕り物道具を手にしていた。

町奉行所には与力・同心の他に、雑用や門番、使い走りをする中間・小者《こもの》が二百人ほどいる。その他に奉行の家族と女中、そして直属の家来らがいるので、その数は優に三百人を超える。

もっとも、それは昼間のことで、いまは深夜に近い時刻だから、数は少ない。それでも奉行所は物々《ものもの》しい空気に包まれていた。

「咎人は何という者だ？」

伝次郎はそばにいる若い同心に声をかけた。

「それがよくわからないのです。当番方の同心が捕縛した男だというのはわかっているのですが……」

「まだ、押さえていないのか？」

「人質を取って湯殿《ゆどの》に籠《こ》もっているそうです」

「何ということだ。人質は女中だと聞いたが……」

「お奉行の女中のようです」

屋敷奥から人の声が聞こえてくる。取り押さえようとしている与力か同心の説得の声だ。

伝次郎は人であふれている庭をまわり込み、内玄関に向かった。

その前も庭になっており、やはり与力と同心がいた。内玄関に向かって右手には、奉行の身内と使用人が使う奥門がある。その門前にも人が集まっていた。

庭はそれぞれの手にしている提灯であかるい。月のあかりも手伝って、足許ははっきり見える。

「お奉行はご無事なのだろうな？」

伝次郎に声をかけられた中間が驚き顔で振り返った。

「お奉行は心配ないようです。与力の小野田《おのだ》様が咎人を諭《さと》しておられるところです」

小野田は年番方《ねんばんかた》与力の筆頭だ。おそらく当直で詰めていたのだろう。

「女中はどこで人質になったのだ？」

「さあ、それは……」

奉行所奥は筒井政憲の家族の居宅《きょたく》になっている。そこには日常の世話をする女中や料理人などが詰めていた。

「沢村」

突然の声に振り返ると、白川権八郎《しらかわごんぱちろう》という年寄同心だった。同心の筆頭格だ。

「これは白川さん」

「騒ぎすぎだ。おぬしらは無用。帰ってよい」

「は……」

「咎人ひとりごときで……」

白川は苦虫《にがむし》を嚙みつぶしたような顔で、奥門を眺めた。

伝次郎はその奥門のそばに、二人の同心がいることに気づいた。いずれも取締《とりしまり》を専門にする外役《そとやく》の同心だった。

「人質を取って湯殿に籠もっているのは何者です」

伝次郎の問いに白川が無表情な顔を向けてきた。

「料理屋で喧嘩をして暴れまくったらしい。当番方の同心が捕まえたが、縄抜けをしたという。あきれたことよ」

「それでは、咎人はひとりだけですね」

「だから騒ぎすぎなのだ。まったく……」

「しかし、湯殿はお奉行の役宅内でしょう。穏やかじゃありません」

「沢村、余計なことかもしれねえが、おぬしは内与力並みのもてなしらしいな。正式な御番所の者ではないはずだ。お奉行のお声がかりだと、図に乗っているのではあるまいな」

「まさか……」

「とにかくおぬしの出番ではない。おい、人を払え」

白川は近くに立っていた二人の同心に指図し、

「沢村、おぬしも帰れ。咎人ひとりに大騒ぎをすれば、お奉行の顔も立たぬ。そうであろう。奉行所の威信《いしん》にも関わる」

「そうでしょうが……」

「帰れ、無用な騒ぎ立てはいらん」

白川は強い語調で言って、伝次郎をにらむように見た。

そのとき奥門のほうから、怒鳴り声が聞こえてきた。

「近寄るんじゃねえ。来たら、この女をぶっ殺す！」

咎人の声だ。

つづいて、「やめろ」「やめるんだ」と、数人の捕り方の声が重なった。

「情けない」

白川はあきれたように首を振って、また伝次郎に視線を戻した。

「何をしておる。帰れと言ったのがわからないのか」

ここで白川に逆らうことはできない。騒ぎは気になるが、たしかに白川の考えもわからないではない。

「では、あとのことをお頼みいたします」

伝次郎はそれだけを言って白川に背を向けた。

二

南町奉行所内での一騒動は、その夜、無事に収まっていた。

縄抜けをして刀を奪い、女中を人質にとって湯殿に籠城《ろうじよう》したのは、松井助三郎という浪人だった。

その一部始終を伝次郎が聞いたのは翌朝のことで、教えてくれたのは、かつての上役同心・松田久蔵《まつだきゆうぞう》だった。

「人質は誰だったのです？」

伝次郎は色白で渋みを醸《かも》した顔になった久蔵を見た。二人は西紺屋町《にしこんやちよう》の茶屋の床几《しようぎ》に座っていた。

「お奉行の奥様に仕えているお鶴《つる》という女中だったらしい。まあ、怪我もなく無事でよかったのだが、さぞや生きた心地はしなかっただろう」

「まるく収められたのは、小野田様の説得が功を奏したということですか」

「うむ。あの方もこれで鼻が高いだろう。しかし、この騒ぎ、表沙汰《おもてざた》にしてはならぬという触れがまわった。おぬしも他言《たごん》せぬようにな」

「はは」

「それにしても松井助三郎という浪人、どうにもしようのないことをやってくれたわい。料理屋で暴れただけならまだしも、奉行所内で騒ぎを起こしたのだから、温厚なお奉行とて穏便《おんびん》には計らわれないだろう」

「助三郎なる浪人は、止めに入った客に怪我を負わせているようですが、それはどの程度のことなんですか」

「殴りつけられて唇を切り、鼻血を出しただけだと聞いている。さほどの怪我ではないはずだ。それより、大暴れした店の損害がいかほどかだ。当然、助三郎は償わなければならぬだろうが、それだけの金を持っているかどうか」

「おとなしく調べに応じていれば、さほどの罪にはならなかっただろうに、馬鹿なことをしたものです」

「小野田様の説得に屈服《くっぷく》したあとは、ずいぶん殊勝《しゅしょう》になったというが、後《あと》の祭りだろう。さて伝次郎、そろそろ見廻《みまわ》りに行かねばならぬ」

「お引き留めをいたしました」

伝次郎が叩頭《こうとう》すると、

「なんのなんの」

久蔵は口の端に笑みを浮かべ、手先にしている小者の八兵衛《はちべえ》と貫太郎《かんたろう》を連れて堀沿いの道を辿《たど》っていった。

伝次郎はその三人を見送ったあとも、茶屋の床几に座っていた。

あかるい日の光を照り返す堀の向こうに、南町奉行所がある。当番月なので表門が大きく開かれ、槍を持った門番が二人立っている。

門を出入りする人の数は多くないが、見廻りや調べに出かける与力や同心の姿に交じって、奉行所を訪ねる町人の姿もあった。

その多くは公事《くじ》訴訟に関わる訴人《そにん》たちにちがいない。南町奉行所で取り扱う訴訟案件は、吟味《ぎんみ》筋である刑事事件は別にして、呉服・木綿《もめん》・薬種《やくしゅ》問屋関係で、北町が書物・酒・廻船《かいせん》・材木問屋などを担当している。

よって南町奉行所の門をくぐる町人のなかには、呉服・木綿・薬種問屋などに関わる者たちが多いはずだ。

（さて、どうするか……）

伝次郎は視界を切るように飛び去った燕の行方を追って、床几から立ちあがった。

奉行の筒井、あるいはその下についている内与力筆頭の長船甲右衛門《おさふねこうえもん》、あるいは小野田角蔵《かくぞう》からの呼び出しがないかぎり、伝次郎にはこれといってやることがない。

いったん、同心を致仕《ちし》したあとで、南町奉行所に呼び戻されたのは、先輩格の松田久蔵や中村直吉郎《なかむらなおきちろう》の口利きがあってのことだったが、頻発《ひんぱつ》する事件に手を焼く奉行の筒井が、

「わしの右腕となってはたらいてくれ」

と、頼んだからでもあった。

特別に町屋敷を与えられ、内与力並みの扱いを受けるようになったのには、そんな経緯があった。

しかし、伝次郎にとって町奉行所は、以前のように居心地のよいところではない。正式ではないが、仮の復帰を喜んで好意を寄せる松田久蔵のような同心もいれば、逆に伝次郎の存在を煙《けむ》たがっている与力や同心もいる。

昨夜、奉行所内で声をかけてきた白川権八郎もそのひとりだ。だから伝次郎は無

闇に町奉行所の門をくぐらないようにしている。

それに、用があれば使いが来るのが常であるから、普段は与えられた屋敷で沙汰を待つだけでよかった。

本材木町《ほんざいもくちょう》から弾正橋《だんじょう》をわたって八丁堀《はっちょうぼり》に入ってすぐのことだった。前方からやってきた定町廻り《じょうまちまわ》同心の加納半兵衛《かのうはんべえ》と鉢合わせする恰好になった。

伝次郎より五歳ほど年下で、伝次郎が現役の頃は、例繰方《れいくりかた》で物書《ものかき》同心を務めていたが、いまは黒羽織に縞《しま》の着流し、帯を下のほうに締め、いっぱしの廻り方同心だ。

「加納半兵衛ではないか」

伝次郎は先に声をかけて立ち止まった。

「これは沢村さん、お久しぶりです」

「息災《そくさい》のようだな。それにサマになっておるではないか」

伝次郎は懐かしそうな笑みを浮かべたが、半兵衛はにこりともせず、鋭い目を向けてきた。その目に親しみの色はなかった。

「沢村さんもお元気そうでなによりです。噂や評判は聞いていますよ」

「ほう、どんなことであろうか？」

「あまり芳《かんば》しくありませんな」

伝次郎は浮かべていた笑みを、すうっと消した。

「芳しくない……」

「まあ、わたしの口から言うべきことではないでしょう。沢村さんの胸に聞けばわかることではないでしょうか」

「どういうことだ？」

「それは……」

半兵衛は視線を外し、連れている小者に「先に行っておれ」と、顎《あご》をしゃくった。

「まあ、目下のわたしが言うことではないでしょうが、あまり出しゃばったことは慎まれたほうが身のためだと思います」

「なに……」

「お気に障《さわ》りましたらご勘弁《かんべん》を。ちょっと急いでいますので、これで……」

半兵衛は小さく会釈すると、逃げるように弾正橋をわたっていった。

「あやつ……」

伝次郎は颯爽《さっそう》と立ち去る半兵衛の背中に、強い視線を向けた。

三

半兵衛を見送った伝次郎は、ほろ苦い思いを胸の内に抑え込みながら歩いた。

桜の盛りを過ぎたばかりの陽気のいい日だった。ときどき町屋《まちや》の奥から目白《めじろ》のさえずりに合わせるように、清らかな鶯《うぐいす》の声も聞こえてくる。

八丁堀と霊岸島《れいがんじま》に架かる亀島《かめじま》橋の上で立ち止まり、たもとに舫《もや》っている自分の猪《ちょ》牙舟《きぶね》を見る。ここしばらく手入れを怠《おこた》っているので、今日あたりやろうかと思った。

風もないし天気もよいから、ついでに大川《おおかわ》を上ってみてもいい。

(与茂七を連れていくか……)

そんなことを考えながら霊岸島川口町《かわぐちちよう》の屋敷に帰ると、千草が下駄音をさせてやってきた。

「お帰りなさいませ。どうなりました?」

昨夜の騒ぎのことを言っているのだ。

「うむ、まるく収まったようだ。人質になった女中にも怪我はなかったらしい」

「それは何よりでした」

千草はホッと安堵《あんど》したように胸を押さえたが、伝次郎から視線を外さない。

「いかがした」

伝次郎は上がり框《かまち》に腰を下ろして聞いた。

「はい、お店が見つかったのです。さっき知らせを受けて大家さんと見に行ったんですけど、場所も店の広さもちょうどいい具合なんです」

「ほう、それはよかった。で、どこなのだ？」

「本八丁堀五丁目《ほんはっちょうぼり》です。高橋《たかばし》をわたったすぐのところです。稲荷《いなり》橋にも近いですし、いい場所だと思います」

伝次郎はその場所を頭に思い描いた。

「あのあたりなら静かだし、水辺のそばだから落ち着いた店になるのではないか」

「一度見に行きましょう」

「そうだな」

応じると、千草はきらきらと目を輝かせ嬉しそうに微笑む。また店を出せるのがよほど嬉しいのだろう。

「あ、お帰りでしたか」

表から与茂七が声をかけてきた。

「おかみさん、これでいいですか？」

使いに出ていたらしく、与茂七は買い物籠《かご》を千草にわたした。

「ご苦労さま。これでいいですよ」

「旦那さん、昨夜の騒ぎはどうなったんです？」

与茂七は興味津々《しんしん》の顔を向けてくる。

「無事に収まったそうだ。咎人はお奉行の女中を人質にして湯殿に籠もったらしいが、与力の小野田様の説得に応じ、おとなしくなったそうだ」

「そりゃ御番所のなかですから、どうあがいたところで逃げ道なんてないですからね。馬鹿な野郎だな」

「だが、騒ぎの一件は表沙汰にしてはならぬ。おまえもそう心得ておけ」

伝次郎はそのまま寝間に行って、楽な着流しに着替えた。座敷に戻ると、与茂七がそばにやってくる。

「で、さっきのつづきですが、いったいその野郎は何をやらかしたんです？」

「料理屋で暴れたらしい。止めに入った者に怪我をさせたが、それもたいしたことはなかったという」

「そのうえ御番所で騒ぎを起こしたんだから、罪が重くなるじゃないですか」

「それはお奉行の裁き次第だ。いまはおとなしく非を認めているらしいからな。与茂七、それはもう終わったことだ。あらためてほじくることはない。それより、稽古はしているのか？」

伝次郎は暇を見ては与茂七に剣術の稽古をつけている。

「今日は素振りだけやりました。あとで、稽古をお願いできますか？」

与茂七は尻尾《しっぽ》を振る犬のように顔を輝かせる。

「昼餉《ひるげ》のあとでやろう」

「お願いします」

元気よく答えた与茂七は、小躍りするように庭へ出て行った。

伝次郎は千草から茶をもらい、それを飲んでから自分の猪牙舟を見に行った。

案の定、舟底に淦《あか》がたまっていた。

「これはいかん」

手桶で掬《すく》い出し、雑巾をかけ、舷側《げんそく》の汚れを落とした。

猪牙舟は深川六間堀町《ふかがわろっけんぼりちょう》の舟大工・小平次《こへいじ》の手によって造られていた。

舟にはちょっとした絡繰《からく》りがある。

舳《みよし》に近いところと、艫板《ともいた》の下に隠し戸棚があり、物を入れられるようになっている。手桶や雑巾の類いはもちろんだが、刀もしまえるようになっていた。

さらに伝次郎は使っている棹《さお》を、仕込み刀にしていた。棹のほぼなかほどでふたつに分かれるようになっていて、一方の先には槍のような小刀をつけていた。見た目にはわからない精巧な作りだ。

舟の手入れを終えて雁木《がんぎ》をあがったとき声がかかった。

「あ、旦那、ちょうどよいところでした」

手先に使っている粂吉《くめきち》だった。息を切らしているので、急いで来たようだ。

「いかがした？」

「へえ、昨夜のことです。御番所で騒ぎがあったのは聞きましたが、じつはその騒ぎの最中に大変なことが起きていたんです」

「大変なこと」

「こりゃあさっきわかったんですが、尾張町《おわりちょう》二丁目にある恵比寿《えびす》屋という糸問屋に賊が入っていたんです。主《あるじ》夫婦と住み込みの奉公人が皆殺しにされ、金蔵が破られていたというんです」

「なんだと……」

伝次郎は太い眉を動かした。

「それに、通いの番頭と二人の手代も殺されていまして、大変なことになっています」

「どこまでわかっているのだ？　ま、よい。家のほうで話を聞こう」

四

「あっしも詳しいことを知っているわけじゃありませんが、殺されたのは主夫婦と奉公人を入れて三十人ほどいるそうで……。ただ事じゃない盗みと殺しです」

伝次郎は自宅屋敷の座敷で、粂吉の報告を聞いていた。

「通いの番頭と手代も殺されていたので、発覚が遅れたということか……。しかし、なぜ襲われたことがわかったのだ？」

「住み込みの小僧が生きていたんです。腹を刺され、気を失っていたそうですが、なんと一命を取り留め、縛られた縄をほどいて店の表に出て助けを求めたと聞いています」

「その小僧は、賊のことを……」

「そこまではわかりません」

「調べは誰が受け持っているのだ？」

「加納の旦那です」

「加納半兵衛か……」

伝次郎は眉根《まゆね》を寄せ、内心で舌打ちした。

「さようで。ですが、殺された数が多いので、きっと旦那にも助ばたらきがまわってくるんじゃないでしょうか。そんな気がして知らせに来たんです」

「沙汰があれば動くが、半兵衛が請《う》けているのなら無用な手出しはできぬだろう。あやつは定町廻りだ。助を頼むなら、他の同心に声がけするだろう」

「しかし、殺されたのはひとり二人じゃないんです。通いの番頭や手代もいるんです。とてもひとりでできる仕業《しわざ》とは思えません」

「たしかにそうだろうが、お奉行からのお達しがないかぎり、おれは動けないのだ」

「それはわかっていますが……」

「しかし、金目当ての盗みだろうが、むごすぎる……」

伝次郎はうなるようにつぶやいてから、粂吉をまっすぐ見た。

「粂吉、おれには声はかかっておらぬが、もしもということもある。半兵衛の調べの邪魔にならない程度に探りを入れてくれるか」

「へえ、承知しました」

「無理はいかぬぞ」

「わかっておりやす。それでは早速に……」

粂吉はそのまま屋敷を出て行った。

入れ替わるように、表で薪《まき》割りをしていた与茂七がそばにやってきた。

「粂吉さん、何やら顔色を変えて出て行きましたが、何かあったんで……」

与茂七は何でも首を突っ込みたがる。伝次郎が自分の小者として面倒を見ることになったので、やる気があるのだ。

「昨夜、御番所で騒ぎが起きた頃、尾張町にある糸問屋が賊に襲われたそうだ」

「それを調べるんで……」

「いや、おれの出る幕ではない。すでに定町廻りが調べをはじめている」

「粂吉さんは知らせに来ただけですか……」

与茂七は残念そうな顔をする。

「しかし、気になるな……」

伝次郎は腕を組んで思案するように目をつむった。

その頃、定町廻り同心の加納半兵衛は、医者の手当てを受け、顔に血の気を取り戻した壮助《そうすけ》から話を聞いていた。

壮助は賊に襲われた恵比寿屋の小僧だった。ただひとりの生き残りで、唯一の証人である。

半兵衛が壮助から話を聞いているのは、襲われた恵比寿屋の隣にある扇問屋・大《おお》坂屋六兵衛《さかやろくべえ》方の客座敷だった。

恵比寿屋では検視《けんし》が行われており、まだ死体が転がったままだし、店中が血の海となっているので、半兵衛は大坂屋に協力を頼んで、部屋をあけてもらったのだった。

「壮助、もう一度ゆっくり話してくれ。思い出し思い出しでは、ことの経緯が切れぎれで、どれが先であとかわからねえんだ。ま、焦らなくてもいいから茶を飲め」

話を聞いている半兵衛は、そう言ってから煙管《キセル》に火をつけた。普段は砕けた口調だが、目上の者に対しては丁寧《ていねい》な言葉を使うのが半兵衛である。

壮助はまだ興奮が収まらないらしく、また昨夜の恐怖を思い出しては体をふるわせ、いまにも泣きそうな顔になっていた。

「ここにはおまえの言う人殺しの賊はいねえんだ。誰もおまえに手をかけはしねえ。怖い目にあったのはわかるが、はじめからわかりやすく話してくれ」

「はい」

壮助はゴクリと生唾《なまつば》を呑み、言葉を選ぶような顔をして再び話し出した。

壮助が二階の小僧部屋に引き取ったのは、五つ半（午後九時）過ぎだった。同じ小僧の新作《しんさく》と同部屋で、眠りに落ちるまで話をするのが常だった。

話は仕事のこともあるが、田舎の実家のことや将来のこと、そして若い女中や得意先のきれいな娘のことだ。

その他にも粗相《そそう》をして叱られたことや、外面《そとづら》ばかりよくて身内には厳しい人使いの荒い手代の話などもする。

しかし、朝早くから夜遅くまで気を張って仕事をしなければならないので、眠りに落ちるのは早い。

肩を揺すられ目を覚ましたのは、それからどれくらいたっていたのかわからないが、

「壮助、おい、おかしいよ」

と、新作が声をかけてくる。

「何が……」

壮助が寝ぼけ眼《まなこ》で答えると、

「下から変な声が聞こえてくるんだ」

と、新作は声をひそめて言う。

それで耳を澄ますと、たしかに小さな声に交じって低い悲鳴じみた声が聞こえてきた。それもひとつ二つではない。

間を置いて、また新しい悲鳴のような声が聞こえてきた。

「誰か下にいるようだ」

新作が声をひそめて言う。

障子窓には月あかりがあたっているので、闇に慣れた目は互いの顔を見ることができた。

「誰って、下には旦那さんとおかみさんと……」

「しッ」

新作が壮助の声を遮《さえぎ》って唇の前に指を立てた。

ぎっし、ぎし、ぎっし……。

階段の板を踏む音が聞こえてきた。

「誰かあがってくるぞ。誰だろ？」

壮助がぼんやり顔でつぶやくと、新作がまさか盗人《ぬすっと》じゃないだろうなと、不気味なことを言った。

「そりゃないよ。おいらはちゃんと戸締まりをしたし、たしかめもしたんだ」

壮助がそう言ったときだった。

さっと障子が開き、黒い影が飛び込んできた。

「あッ」

驚きの声を発したが、口を塞《ふさ》がれていた。抗《あらが》うと、喉元を強く押さえられ声を出せなくなった。さらに腹のあたりに奇妙な感触があった。

隣にいる新作が奇妙な声を漏らしたが、ただそれだけで聞こえなくなった。

「縛るんだ」

壮助を押さえている男が、そんなことを言った。それでもうひとりいるのだとわかったが、壮助はなんだか意識が朦朧《もうろう》となっていた。

部屋のなかで男たちの動く気配だけは感じられたが、体に力が入らなくなっていた。さらに、あっという間に後ろ手に縛られ動けなくなった。

「死んだか」

「止《とど》めを刺すまでもねえさ」

そんな話し声がして男たちは出て行った。だが、隣の奉公人部屋に異変が起きているのはわかった。

壮助は縛られたまま布団に突っ伏すように倒れていたが、息を大きく吐きだしてから、顔を横に動かした。

とたん、ギョッとなった。

新作の顔がすぐそこにあったからだ。その目は見開かれてはいるが、もう生きていないと障子越しの月あかりでわかった。

壮助は悲鳴を発した。しかし、そうすることができなかった。猿ぐつわを嚙ませられていたのだ。

それに腹のあたりに鈍い痛みがあった。転がったまま体を折って腹のあたりを見た。その辺が濡れている。血だというのはすぐにわかった。

(刺された、腹を刺された)

声を出したくても出せない。血を止めたくても止められない。泣きたくなった。いや、もう泣いていた。助けを求めたくても何もできなかった。

壮助は恐怖のどん底に突き落とされていたが、階下から物音や足音が聞こえてきた。低声《こごえ》で言葉を交わしているようだが、はっきり聞き取ることはできなかった。

(死ぬんだ。このまま死ぬんだ)

いやだいやだと首を振るが、それも弱々しかった。体から力が抜けてゆき、頭もぼんやりしてきた。

つぎに目を覚ましたのは、朝だった。

表から色んな声が聞こえてきた。目白や鶯の鳴き声も聞いた。そして、障子越しに朝の光が小僧部屋を満たした。

隣で新作が死んでいた。目を開けたままで、息をしていなかった。顔は蠟《ろう》のように白くなっていた。

壮助は体を折って自分の腹を見た。血でぐっしょり濡れていたが、傷は塞がっているようだった。

(死んでいなかった。生きている)

壮助は猿ぐつわを外そうとした。

口を動かしたり、布団に擦《こす》りつけたりしたが、どうやっても外れない。あきらめて後ろ手に縛られている紐《ひも》を外そうと必死になった。

外れそうになかったが、あきらめずに手を動かしつづけていると、そのうちに紐がゆるむのがわかった。

もう少しだ、もう少しだと自分に言い聞かせて、縛《いまし》めから逃れたのはずいぶんたってからだった。

「縛めを解いたあとはどうした？」

半兵衛は壮助の話を遮って聞いた。

「はい、窓を開けて助けを呼ぼうとしたんですけれど、刺された腹が痛くて大きな声を出せなかったんです。それで一階に下りました。すると、店が荒らされているのがわかりました。めちゃくちゃでした。旦那さんの部屋に行くと、そこには死体《おろく》がありました」

壮助は泣きそうな顔になって答える。

「死体は主の儀兵衛《ぎへえ》と女房のお菊《きく》だったのだな」

壮助は目をみはったまま、こくんと頷《うなず》く。

「それで、他の部屋も見たのか？」

「いいえ、怖くて見ることはできませんでした。でも、帳場《ちょうば》の横で手代さんが血だらけになって死んでいました。帳場も荒らされていました」

「それから表に飛び出して助けを呼んだ。そういうことか」

「はい」

「それが今朝の五つ（午前八時）過ぎだった」

「だったと思います」

「おまえを襲ったのは二人の賊だったようだが、顔は見なかったか？」

壮助は首を振る。

「体つきや年は？」

それもわからないと言う。

「何人の賊が入ったのかもわからねえんだな」

「はい」

半兵衛は短く視線を彷徨《さまよ》わせたあとで、壮助に顔を戻した。

「おまえにはまだ聞きたいことがある。ここで休んでいろ」

# 五

神田《かんだ》方面の見廻りに出ていた松田久蔵が、恵比寿屋の一件を知らされ、現場に到着したのは、昼過ぎのことだった。

まず久蔵が驚いたのは、その凄惨《せいさん》な現場だった。

(こんなひどい殺しの場は、いままで見たことがない)

それが第一印象だった。

帳場から客座敷、奥座敷、寝間、それから奉公人部屋などを見てまわったが、顔をしかめるしかなかった。

店には死臭が漂いはじめており、むっとする空気に満たされていた。

畳や布団はぐっしょりと血を吸い、障子や唐紙《からかみ》にも血痕《けっこん》が走っていた。死体は帳場裏の広い座敷に集められていたが、その数は二十六体である。

あどけない顔をした若い小僧もいれば、嫁入り前と思われる女中もいた。主夫婦の身内である倅《せがれ》と娘も、ことごとく殺されている。

「それで、いくら盗まれたのだ？」

久蔵は店のなかをひととおり見たあとで、検視をしていた同心に訊《たず》ねた。

「それはまだはっきりしません。生き残った小僧がいますが、その小僧にはわからないんです」

「それじゃ、どうやって調べる？」

「番頭も手代も殺されていますから、店の帳面から調べるしかないので、年番方《ねんばんかた》にまかせてあります」

年番方は他に役目もあるが、町奉行所の金銭の保管や出納《すいとう》を受け持っているので、算用に長《た》けている。

「帳面から割り出せたとしても、おそらく帳面に載っていない金もあったはずだ」

「ま、そうでしょう」

「だが、まあそれは推量するしかあるまい。それで、いつまでもここに死体を置いておくわけにはいかぬぞ」

「町の名主《なぬし》と町役《ちょうやく》がそのことを相談しているはずです」

「この受け持ちは、加納半兵衛だったな。やつはどこにいるのだ？」

「隣の店で、生き残った壮助という小僧から話を聞いているはずです」

「さようか。死体はいずれ移すことになるだろうが、人が来ても奥座敷や二階にはあげるな。まだ、調べなければならぬことがある。死体以外に手を触れないように、監視の目を光らせておけ」

「承知しました」

検視をしている同心は、無表情に答えた。損な役目をまかされたと、内心でぼやいているはずだ。

久蔵は隣の扇問屋・大坂屋を訪ねたが、加納半兵衛は壮助という小僧の話を聞いたあと、連絡場《つなぎば》に使うことになった同町の自身番にいることがわかった。

恵比寿屋でただひとり生き残った壮助という小僧は、帳場裏の客座敷で気の抜けたような顔で座っており、久蔵を見ても、とくに驚きもしなかった。衝撃が大きかったせいで心神が耗弱《こうじゃく》しているようだ。

「南町の松田という。おぬしが壮助だな」

「はい」

壮助は蚊の鳴くようなか細い声で応じ、小さくうなずいた。

「他の同心に、休んでいろと言われたのだな」

壮助はうなずく。

「大変なことになったが、気をしっかり持て。大丈夫か？」

壮助は唇を引き結んで、またうなずいた。

「おまえが頼りだ。世話になった人や仲のよかった人たちの恩義に報いるために、力を貸してくれ。それが供養《くよう》にもなる。辛いのはわかるが、辛抱《しんぼう》してわしらに少しだけ付き合ってくれ」

「はい、わかりました」

久蔵は、目に涙をためてうなずく壮助の肩を、励ますように小さくたたいて店を出た。

「加納半兵衛はいるか？」

尾張町二丁目の自身番のそばに来ると、表の床几に半兵衛の小者・幸三郎《こうざぶろう》が座っていた。

久蔵を見た幸三郎はすっくと立ちあがり、

「なかにいます」

と、答えた。

そのまま久蔵は自身番に入った。半兵衛は居間の上がり口に腰を下ろして茶を飲んでいた。目があうと、

「松田さん……」

と、少し驚き顔をした。

「調べはどこまで進んでいる？」

久蔵は戸口を入ったところに立ったまま聞いた。

「どこまでと言われましても、調べをはじめたばかりですから……」

「おれはどこまで調べたかを聞いているのだ」

「恵比寿屋の死体の検視と、店の様子、当面の聞き込みもしています。生き残った壮助という小僧から話も聞いています。いったい松田さんは……」

半兵衛は不遜《ふそん》な目を向けてくる。なぜ、ここに来たのだという、そういう顔つきだ。

「おれが助をすることになった」

「松田さんが……」

(何だこいつ、おれの助を嫌っているのか)

半兵衛が意外そうな顔をしたので、少しむっとした。だが、気持ちを抑えて言葉をついだ。

「他の同心らは、自分の抱えている吟味筋で手いっぱいだ。この一件、ただ事ではないぞ」

「それはよくわかっております」

「それなのに、よくのんびり茶など飲んでおれるな」

やんわり咎めると、半兵衛は表情を険《けわ》しくした。

「あらましは聞いているが、おぬしの調べたことを教えるのだ」

久蔵は隣に腰を下ろした。自身番詰めの店番が茶を出してくれる。

「どこから話せばよいか、まだ整理がつかないのです。まず、押し入った賊のことは何もわかっていません。生き残った壮助という小僧は、二人の賊を見ていますが、それは闇のなかだったので顔も年恰好もわからないと言います。賊と思われるいくつかの声は聞いていますが、やはりその人数は不明です」

「殺されたのは、恵比寿屋の主夫婦と奉公人を入れて二十六人だな」

「通いの番頭と二人の手代を入れると、二十九人になります」

「賊はどこから入ったのだ？」

「それは……」

「調べておらぬのか」

「戸締まりは小僧の壮助がたしかめています。賊がどこから入ったのか、よくわかっていません」

「どうしてわからぬ？」

「店のまわりには足跡もなければ、戸などにこじ開けられた形跡もありません。付近の聞き込みでも賊らしき影を見たという者もいません。もっとも、腰を入れての調べはこれからですが……」

「殺しに使われた得物《えもの》は？」

「刀、あるいは小刀、首を絞められた奉公人もいますが、それは紐《ひも》を使ってのことです。その紐も賊の持ち物だったのか、店にあった物かもわかりません」

「通いの番頭と手代についてはどうなのだ？」

「清兵衛《せいべえ》という番頭は、山下町《やましたちょう》に住んでいました。土左衛門《どざえもん》で見つかったのは今朝のことで、背中を刺されて堀のなかに落とされたか、落ちたのでしょう。おたねという女房はいますが、亭主の清兵衛がなぜ殺されたのか、まったくわからないと言います。まだ気が動転しているので、少し落ち着いてから話を聞かなければなりませんが……」

「二人の手代は……」

「佐平《さへい》という手代は、芝口《しばぐち》二丁目の路地裏で刺されて死んでいました。殺される前に許嫁《いいなずけ》の家に行っていたので、その帰りに殺されたようです。おそらく四つ前だったのではないかと推察しています」

「もうひとりは？」

久蔵は茶に口をつけて話の先をうながした。

「宗右衛門《そうえもん》という手代ですが、この男は番頭を兼ねた仕事をやっていたようです。年は四十ですが女房子供はいず、木挽町《こびきちょう》七丁目の長屋に独り住まいでした。殺されたのはその長屋です。首を絞められて殺されたというのはわかっていますが、殺された時刻はわかっていません。死体が見つかったのも、恵比寿屋に賊が入ったというのがわかったあとなので……」

「すると、最後に見つかったのが宗右衛門ということか……」

「さようです」

久蔵はもう一度茶に口をつけ、壁の一点を凝視《ぎょうし》して考えた。

「それで、ここで何をしているんだ？」

久蔵が半兵衛に視線を戻すと、ちっと舌打ちをするような顔をした。

（こやつ……）

内心で吐き捨てたが、表情には出さなかった。黙って半兵衛の返事を待つ。

「手先の甚兵衛《じんべえ》が、手代の宗右衛門の長屋に聞き込みに行っているのです。それを待っているところです」

「半兵衛」

「はい」

「まさか、この一件をひとりでやろうと考えているのではあるまいな」

久蔵は半兵衛をまっすぐ見る。

削《そ》げた頬に細く吊りあがった目。痩《や》せて見えるが、肉が引き締まっているだけだ。年はたしか四十のはずだ。

半兵衛は久蔵の問いに、すぐには答えなかった。

「同じ恵比寿屋の奉公人とはいえ、殺しは四ヶ所で起きているのだ。つまり、この一件は四つの殺しの場を調べなければならないということだ」

「おっしゃるまでもなく、わかっていますよ。だからといって、容易《たやす》く助は頼めないでしょう。松田さんもご存じのはずです。外役の同心はそれぞれに受け持ちの殺しや盗みなどの調べに忙しく、朝から走りまわっているんです」

「たしかにそうだろうが、おぬしひとりでは無理だ」

「だから松田さんが見えたんでしょう」

「これは二人でも足りぬぞ」

「なら、どうしろとおっしゃるんです」

半兵衛は反抗的な目を向けてくる。

「今日の調べが終わったら上役と相談する」

「それは松田さんにまかせます」

「おぬしは甚兵衛の知らせを待っているのだな」

「そうです」

「おれは恵比寿屋に戻っている。何かわかったらそっちに来てくれ」

久蔵はそのまま自身番を出たが、半兵衛の口調や態度に気分を害していた。

「あやつ……」

腹立ちはあるが、ここでいがみ合ってもしようがない。組んで仕事をしなければならない相方《あいかた》である。

六

伝次郎は首筋につたう汗をぬぐい、肩を動かしながら息を切らしている与茂七に声をかけた。

「このぐらいでへこたれては役に立たぬぞ」

「剣術ってやつはきついもんですね」

「楽に上達する者は誰もいない。熟達した武芸者は人の何倍も稽古を積んでいるのだ」

「おいらははじめたばかりですからね」

「はじめたからには、一途に稽古を積むしかない。それだけだ」

「はい。でも旦那さん、素振りばかりじゃおもしろくないです。もっと他の稽古を多くしてくださいよ」

「与茂七、素振りを疎《おろそ》かに考えていてはものにならぬ。素振りが基本だ。そして足のさばき方。それだけで三年も四年もかかる」

「そんなに……」

与茂七は目をまるくして驚く。

「そうだ。さ、水を使ってこい」

言われた与茂七はそのまま井戸端に向かった。その後ろ姿を見る伝次郎は、

（あやつ、ものになるな）

と、思った。

初めて稽古をつけたときにも、ずぶの素人のくせに筋がいいと思ったが、日を追うごとに進歩がある。乾いた砂が水を吸うように、教えたことを覚えるのだ。

だが、褒《ほ》めるとすぐその気になる男だ。褒めておけば楽であるが、それでは上達が遅くなる。

与茂七は鼻っ柱が強いので、厳しく教えれば、それに挑んでくる。剣術にもっとも必要なのは闘争心である。技巧者であっても闘争心の弱い者は、たとえ竹刀《しない》を使った試合でも強くはなれない。逆に技が荒く多少未熟でも、闘争心が旺盛《おうせい》なら相手を威圧することで勝機を見いだせる。与茂七にはその素質があった。

寝間に行って着替えをして座敷に戻ると、外出をしていた千草が戻ってきた。

「いかがした」

伝次郎が声をかけると、千草は瓜実顔《うりざね》のなかにある目を細めた。

「大家さんと話をして、店賃《たなちん》を少し安くしてもらうことになりました。おかげで店を出せる目処《めど》がつきました」

「それは何よりだった。おれも一度、その店を見に行こう」

「では、明日にでもいっしょに行きますか？」

「そうだな。おれも気になる。それで店の名はいかがするのだ」

「前にかもめ屋にしようかと言いましたけど、そばを流れる八丁堀を桜川《さくらがわ》と呼ぶこともありますね」

「うむ」

京橋川《きょうばしがわ》からつづく堀川は、八丁堀と呼ばれるが、かつては桜川という名称もあった。このあたりは、伝次郎の生まれ育った地であるから、そのことはよく知っていた。

「それで、桜川という屋号にしようかと思うのですが……」

「桜川か……うん、言われてみれば、千草に似合いの屋号であるな。いいのではないか」

伝次郎が認めると、千草は嬉しそうにほっこり笑った。このところ新しい店を出すことに心を浮き立たせている。

この屋敷に移ってからは、武家の妻女らしく朝から晩まで家事や忙しい伝次郎の世話ばかりをしていたが、どこか物足りない顔をしていた。

ところが店を出すと決まってからは、水を得た魚のように生き生きしている。伝次郎としてもそっちのほうが千草らしいと思っているので、何としてでも店を出させてやりたかった。

「旦那さん、粂吉さんが来ました」

玄関を入ってきた与茂七が告げた。

伝次郎はすぐに、粂吉を座敷にあげて向かい合った。

「で、いかようなことになっていた」

「ただ事じゃありませんよ。あっしは調べれば調べるほど、空恐ろしくなりやした」

「話せ」

粂吉の調べは、加納半兵衛の調べに少し欠けるぐらいの情報量があった。

黙って耳を傾ける伝次郎は、話が進むうちにただならぬ事件だと思った。おそらく前代未聞の凶悪な犯罪であろう。

伝次郎もこれほど凄惨な犯罪に関わったことは、いまだかつてなかった。

「おそらく番頭と二人の手代は、賊が恵比寿屋に入る前に始末されたのだろう」

粂吉の報告をすべて聞いたあとで、伝次郎は深刻な顔でつぶやいた。

「あっしもそう思いました。住み込みの奉公人は店のなかで殺せばいいことですからね」

「それにしても……二十九人も……それも一夜で……」

「恵比寿屋がどうなっているかわかりませんが、修羅場《しゅらば》のあとですから目を覆《おお》いたくなる惨状でしょう」

「それで、この件には何人の掛《かかり》がついているのだ？　加納半兵衛がついているのはおまえから聞いているが……」

「そこまでは調べてきませんで……相すいません」

「あやまることはない。だが条吉、これは一筋縄ではいかない盗みと殺しだな」

「へえ。金蔵からいくら盗まれたか知りませんが、それより何の罪もねえ奉公人たちのことを思うと気の毒でなりません」

「まったくだ」

「旦那。もしや、この件を……」

条吉は身を乗り出して伝次郎をのぞき込むように見たが、

「加納半兵衛が受け持っているなら、やつの考えで助っ人を頼むはずだ。おれには話はこないだろう。ま、それはよい。条吉、飯を食っていくか。もう日が暮れる」

伝次郎はそう言って開け放してある障子の向こうを見た。

空に浮かぶ雲が朱《しゅ》色に滲《にじ》み、夕日を受けながら飛び去る鴉《からす》がいた。

「せっかくですが、今日はどうにも食が進みそうにありません」

「それもそうだ」

話を聞いただけで全身粟立《あわだ》つような凶悪犯罪を聞き調べたあとだ。凄惨な現場を見ていなくても、ぼんやりと想像はできる。

条吉だけでなく、伝次郎も食欲が減退していた。

その日の夕餉《ゆうげ》の席で、例によって好奇心旺盛な与茂七が、条吉にどんな探索をさせたのだと聞いてきた。

食事の席でするような話ではないし、自分の店を新たに持てると心を弾ませている千草の手前もあり、伝次郎は、

「ひどい盗みがあったようだが、まだよくわからんのだ」

という程度に留めておいた。

「それより、千草の店が決まったようだ。店の名も桜川にすると言うが、与茂七、おまえはどう思う？」

と、話をすり替えた。

「桜川……なんだかきれいな名前ですね。小料理屋にしては洒落《しゃれ》ているし、他でも

聞いたことがないんで、いいと思います」

「与茂七もそう言ってくれるんだったら、わたしも自信が持てるわ」

「おかみさん、大事なのは繁盛させることでしょう」

千草は一本取られたという顔をして笑った。それに釣られて与茂七も笑う。

玄関に訪《おとな》う声があったのは、そのときだった。

「与茂七、行ってこい」

伝次郎に言われた与茂七は席を立って、玄関に行ったが、すぐに戻ってきた。

「旦那さん、御番所の使いです」

# 第二章　生き残り

一

「ここで待っておれ」

伝次郎は与茂七に表門外、堀端の近くにある腰掛けで待つように言って、南町奉行所に入った。

翌日のことである。

伝次郎は玉砂利《たまじゃり》の敷かれた庭をまわり込み、そのまま裏玄関に進む。

ここは奉行の出入り口となっている。奉行の奥方などの出入り口はまた別にあり、そこは広敷《ひろしき》玄関と呼ばれていた。

裏玄関に入り中番に到着を告げると、すでに承知していたらしく、用部屋に通された。がらんとして広いその座敷には誰もいなかったが、伝次郎は下座に腰を下ろした。塵《ちり》ひとつ落ちていないその部屋は、空気も止まったように静かである。

奉行の筒井はすでに登城しているはずだから、内与力の誰かがあらわれるはずだった。

待つほどもなく一方の襖が開き、奉行の用人を務めている長船甲右衛門が姿をあらわした。衣擦《きぬず》れの音を立てながら、伝次郎から畳三枚離れたところに腰を下ろした。

「大儀《たいぎ》である」

言葉を受けた伝次郎はゆっくり顔をあげて、甲右衛門を見つめた。長くて白い顔にはしみが散らばっていた。

「一昨夜、当役所で狼藉《ろうぜき》があったのは聞いておろうか？」

役所とは町奉行所のことである。御番所とも言う。

「呼び出しを受けて参上しましたが、小野田様が説得中で、無用な騒ぎは慎むように言われ、様子を見て帰りました。が、あらかたのことは聞いております」

「うむ。二人の同心が引っ立ててきたのは、市中の料理屋で乱暴をはたらいた松井助三郎なる浪人であった。あろうことか、その松井は縛《いまし》めの縄を抜けて、当役所で狼藉をはたらき、お奉行の女中を人質に湯殿に籠城しおった。まことにけしからぬことであるが、小野田角蔵の説得によって事なきを得た。しかし、それはさておき……」

甲右衛門は一拍間を置き、扇子を抜いてから言葉をついだ。

「その松井助三郎が狼藉をはたらいていた同じ頃、尾張町の糸問屋・恵比寿屋に盗賊が押し入り、主はじめ奉公人らを惨殺し、金蔵を破るという由々《ゆゆ》しきことがあった。そのほうの耳にも入っているとは思うが、いかがだ?」

「あらましは聞いていますが、詳しいことまではわかりませぬ」

「うむ。賊は金を盗むと同時に、二十六人を殺《あや》めるという蛮行《ばんこう》をはたらいている。残忍《ざんにん》極まりない。この調べの掛《かかり》は当初、定町廻り同心ひとりであったが、恵比寿屋が襲われる前に、通いの番頭と二人の手代が殺されている。その三人が殺された場所も刻限も異なるはずだ。つまり、恵比寿屋に絡む殺しは全部で四件と考えなければならぬ」

「…………」

「その調べと探索の助に、同心の松田久蔵をあてたが、とても二人で調べきれるものではない。松田より手を貸してもらいたい旨《むね》の願いがお奉行にあり、お奉行は早速に思案された。しかし、外役のいずれの与力・同心もそれぞれに難解な事件を抱え持ち、多忙を極めて身動きが取れぬ。そのことをお知りになったお奉行は、こういうときこそ沢村の出番だと白羽《しらは》の矢を立てられた。ま、そこまで言えばあとは申すこともなかろう」

甲右衛門は扇子を開いて、小さくあおぎながら伝次郎を凝視した。

「承知つかまつりました。早速にも取りかかりたいと存じます」

「沢村、お奉行もおっしゃったが、この事件は前代未聞の凶悪事。火付盗賊改方《ひつけとうぞくあらためかた》に加勢を頼むことも考えねばならぬが、お奉行は何としてでも、南町で片づけなければならぬとおっしゃる。心してかかってもらう。よいな」

「はは」

「しかと頼んだ」

二

「与茂七、ついてこい」

伝次郎は町奉行所の表に出るなり、腰掛けで待っていた与茂七に声をかけた。

「何があったんです？　新しい調べ事ですか……」

「歩きながら話す」

伝次郎は足早になりながら、一昨夜、尾張町二丁目の恵比寿屋で凶事が起こったことを話した。そのほとんどは、昨夜、粂吉から報告を受けたことである。

「問題は恵比寿屋以外で殺しがあったことだ」

伝次郎は大まかな話をしてからそう結んだ。

「番頭と二人の手代が殺されたということですね」

「殺しの場は三ヶ所、恵比寿屋を入れると四ヶ所だ。通いの番頭と手代を生かしておけば、それだけ事件の発覚が早まる。つまり、賊は恵比寿屋襲撃が知られるのを遅らせるために、先に番頭と手代の口を封じたということだろう」

「調べはどこまで進んでいるんです？」

「それはこれから知ることだ。その前に粂吉を呼んできてくれ。おれは恵比寿屋にいる」

「すぐに行ってきます」

そのまま与茂七は走り去った。

伝次郎は南鍋町《みなみなべちょう》一丁目、二丁目と過ぎ通町に出た。目ざす恵比寿屋はそこからすぐのところにあった。

恵比寿屋の屋根看板と掛け看板があかるい日を受けている。しかし大戸はきっちり閉められ、脇の潜り戸だけが開いている。

その潜り戸のそばには、中間とおぼしき男が突棒《つくぼう》を持って立っていた。現場を確保している番人だ。伝次郎が近づくと、表情を険しくして身構えた。

そうするのも無理はない。伝次郎は着流しに絽《ろ》の羽織姿だ。髷《まげ》も小銀杏《こいちょう》ではない。

「内与力の沢村だ」

名乗ったとたん、番人は眉を動かし畏《かしこ》まった。

伝次郎には奉行所同心の匂いが染《し》みついている。町方らしき空気も身に纏《まと》っている。奉行所勤めをしている者は、敏感にそのことを察知する。

「なかには誰かいるか？」

「同心の松田さまがさっきまでいましたが、いまは誰もいません」

松田久蔵は隅々《すみずみ》まで検分しているはずだ。後手《ごて》を取るが、伝次郎は探索に加わった以上、現場をじっくり観察しておく必要がある。

「死体はどうなった？」

「町の者が運んでいきました。名主の采配《さいはい》で本願寺《ほんがんじ》に運んでいきました」

「そうか、入るぞ」

番人は伝次郎が通れるように脇に動いた。

恵比寿屋は間口五間（約九メートル）の大店《おおだな》である。奥行きは七間《けん》半（約一四メートル）はあろうか。薄暗い戸口に立つ伝次郎はざっとそのことを見て取った。

帳場は荒らされたままだ。帳場箪笥《だんす》についている小抽斗《こひきだし》の半分が引き出されている。帳場格子のそばの畳が湿っていた。指で触って、戸板から漏れ射す光にかざすと、血だとわかった。誰かがここで殺されたのだろう。

隣の座敷に移って、行灯をつけた。薄暗い座敷がにわかに仄明《ほの》るくなる。襖が倒れていて、それに一筆書きのような血痕が走っていた。障子にも血飛沫《しぶき》が散っている。

伝次郎はそうやって隣の部屋から、また隣へと移動しながら、何か見落としはないかと目を光らせる。

賊の持ち物でも落ちていればよいが、それらしきものはなかった。

奥の縁側に移り、雨戸を一枚開ける。表は小さな庭で、松や楓《かえで》などが植えてあり、灯籠《とうろう》が据《す》えてあった。庭の手入れは行き届いており、開きかけの牡丹《ぼたん》が数茎あった。

伝次郎は庭に足跡がないか目を凝らした。庭は片側は隣の商家の壁で、南側は板《いた》塀《べい》だ。塀の向こうは長屋になっていて、すぐそばに井戸があった。

(賊が長屋から押し入ったとすれば……)

そう考えて庭の隅々に目を凝らす。

板塀を乗り越えたのであれば、足跡のひとつぐらいあってもおかしくはないが、そんなものはなかった。

(賊はどこから入ったのだ……)

伝次郎は一階をひととおり検分すると、階段を上って二階にあがった。

廊下が縦に長く延びており、小部屋が並んでいる。住み込みの奉公人たちの部屋だ。その他に納戸《なんど》もあれば、布団部屋もあった。

二階にあがってきた賊は、つぎつぎと奉公人部屋に侵入し、寝ていた者たちを躊躇《ためら》わず殺していった。

おそらく悲鳴も出せないような殺し方だったのだろう。

二階の窓を開けて、賊の侵入口を考える。

窓のすぐ下は長屋の屋根で、その先に町の裏通りが走っている。長屋の屋根は安《やす》普請《ぶしん》である。賊が屋根伝《づた》いにきて二階の窓から入ったというのは考えにくい。

やはり、一階から入ったのだ。それはどこだろうかと考えながら、階段を下りて帳場裏の座敷に立った。

(賊はまず誰を手にかけたのだ?)

そう考えたが、やはりどこから押し入ったのかを見極めるべきだと気づく。

台所、女中部屋、食事を取る部屋、主の書斎などと見ていく。

金蔵は仏間にあった。仏壇の前の畳が剝《は》がされ、床下に空っぽの金箱が口を開けていた。

台所の奥が勝手口で猿《さる》が拵《こしら》えてあり、心張棒《しんばりぼう》が転がっていた。雨戸はどうなっていたのだろうか？　最初にこの店を調べたのは加納半兵衛だ。

（やつに聞かなければならぬ）

いろいろ考えながら、注意の目を光らせて各部屋を見てまわったが、賊につながる手掛かりは得られなかった。

遺留物はあったのかと考える。

これも半兵衛に聞かなければわからない。

店のなかにたっぷり半刻《はんとき》（一時間）ほどはいたが、粂吉を呼びに行った与茂七はなかなかやってこない。粂吉を見つけられないのか、それとも何かあったのか？

伝次郎はいったん表に戻った。急にあかるい日の光を受けたので、目が眩《くら》みそうになった。

「死体検《あらた》めは誰がやったのだ？」

伝次郎は表に立っている番人に聞いた。

「加納さまだと思います」

「だと、思います……」

番人は自信なさそうに言ってから、

「わたしはこの店の番を代わったばかりですから」

と、付け加えた。

「加納半兵衛はどこにいる？」

「この町の番屋のはずです」

伝次郎はそっちに顔を向けた。

そのとき、粂吉を連れた与茂七がやってきた。

「遅かったではないか」

「へえ、粂吉さんを捜していたんです」

与茂七が答える。

「飯を食いに行っていたんです」

粂吉はばつが悪そうに頭を下げる。

「半兵衛から話を聞く」

伝次郎はそのまま自身番に向かった。開け放しの戸を入ると、すぐそこに半兵衛が座っていた。一瞬驚いたような顔をして、

「いかがされました」

と、聞いてきた。

「おぬしの助をすることになった」

とたん、半兵衛の顔が曇った。

三

「わかっていることを教えてくれ」

伝次郎は半兵衛のそばに腰を下ろした。

「いったい、誰が沢村さんを……」

半兵衛は伝次郎の助をありがたがっていない様子だ。だが、そんな半兵衛の感情にかまっている場合ではない。

「お奉行だ。とにかくこの一件はただ事ではない。ひとりでは到底《とうてい》片づけられるとは思えぬ。それともおぬしは、ひとりで始末できると考えているのか？」

「松田さんが助に入っています」

「聞いている。とにかく、わかっていることを教えてくれ」

「調べははじまったばかりです。わからないことが多すぎます」

「半兵衛、おれはわかっていることを教えてくれと言っているのだ。わからないことは、ひとつひとつほぐしていくしかなかろう。もたもたしていると、賊を逃がすことになるやもしれぬ。相手は二十九人の命と大金を奪った凶賊《きょうぞく》なのだ」

「わかっていますよ」

不機嫌な顔で答えた半兵衛は、自分が調べたことを棒読みするような口調で話した。

伝次郎はその間、何の疑義《ぎぎ》も挟まずじっと耳を傾けていた。

戸口のそばに立つ粂吉と与茂七もその話を真剣な顔で聞いていた。

「大まかにはわかった。だが、大事なことは何もわかっておらぬな」

伝次郎は話を聞き終えたあとで、そう言って言葉をついだ。半兵衛は不服そうな顔をしている。

「端的《たんてき》に聞くが、まず賊がどこから入ったかだ。見当はついているのか？」

「それは……まだ、はっきりしていません」

半兵衛は削げている頬を片手でなで、吊りあがった目の片方を細めた。

「死体は見ているだろうが、殺される前に抗《あらが》った者はいたか？」

人は自分の身を守るために、防御創《ぼうぎょそう》ができることが多い。伝次郎はそのことを聞いているのだ。

「検視をしましたが、さような者はいなかったと思われます」

「検視はおぬしひとりでやったのではなかろう」

「岡崎《おかざき》が手伝ってくれています」

「岡崎……」

伝次郎は眉宇をひそめた。知らぬ男だ。

「当番方の同心です。岡崎太一郎《たいちろう》という本勤並《ほんづとめな》みです」

「そうか。それで、賊らしきあやしいやつを見た者はいないか？」

「聞き込みをしているところです」

(それなのに、きさまはここで何をしているのだ)

伝次郎は喉もとまで出かかった言葉を呑み込んで、つぎの問いかけをした。

「盗まれた金はいかほどだ？」

「店の者がみんな殺されているので、はっきりしたことはわかりません。ただ、店の帳面を調べて、それから推量するしかありません。もっとも、帳面に載っていない金もあったはずですから、確たる金高《かねだか》も推量の域を出ないでしょう」

その調べは年番方でやっていると、半兵衛は付け加えた。

「店ではなく、よそで殺された番頭と二人の手代がいるな。そっちの調べはどうなっている？」

「松田さんが、いま調べているところです」

「おぬしは、まだそっちはあたっていないのか？」

「一応の調べはしています」

（……一応か）

伝次郎は内心でため息をつく。

「その一応の調べでわかっていることは……」

伝次郎は少し皮肉を込めて聞いたが、半兵衛は気づかなかったようだ。

「殺されたのは番頭の清兵衛、番頭を兼ねた手代の宗右衛門、もうひとりの手代は佐平」

半兵衛はその三人がどこでどんな手口で殺されていたかを話した。

これは、伝次郎が聞き及んでいたことと、ほとんど同じだった。新たなことは、半兵衛の口から出なかった。

「その三人に、殺されるような曰《いわ》くがあるかどうかについてはどうだ?」

この問いに半兵衛は短い間を置き、挑むような視線を向けてきた。

「沢村さん、そうぽんぽん聞かれてもすぐに答えられることは少ないんです。ことは一昨日起きたばかりなんですよ」

「おれは、わかっていることを教えてくれと言っているだけだ」

「恵比寿屋がなぜ襲われたか、番頭と二人の手代がなぜ殺されたか、賊と店のつながり、賊と番頭や他の奉公人とのつながりなども、まだはっきりわかっておらぬのです。わかっていれば、とうに話しています」

半兵衛はやや興奮気味の顔でまくし立てた。削げた頬にうっすらと赤みが差していた。

「ま、そうであろう。それで、ここで何をしているんだ」

「手先の知らせを待っているのもありますが、白川さんが来るのを待っているんです」

「白川……白川権八郎さんか」

「そうです」

白川権八郎は同心の筆頭格で、臨時廻《りんじまわ》り同心のまとめ役をしている。臨時廻り同心のほとんどは、定町廻り同心を長年務めた者が異動している。よって、定町廻りの指導的立場でもあった。

じつは伝次郎は、その白川が自分に対していい印象を持っていないことを知っている。一昨日、松井助三郎という浪人が、町奉行所内で騒ぎを起こしたときも邪険《じゃけん》に扱われていた。

だが、伝次郎はそのことには触れず、

「ひとり生き残った奉公人がいたな」

と、半兵衛を見る。

「壮助という小僧です。どうせ話を聞くんでしょう。恵比寿屋の隣の大坂屋で預かってもらっています」

「連絡《つなぎ》の場は、この番屋になっているのだな」

「さようです」

「では、聞き調べに行ってこよう。夕刻にはここに戻る」

伝次郎はそう言い置いて、自身番を出た。

四

「粂吉、与茂七、おまえたちは恵比寿屋の近所で聞き調べをしてくれ。それが終われば、殺された清兵衛という番頭について、わかるだけのことを聞き込んでこい」

「承知しました」

粂吉が答えると、

「与茂七、粂吉といっしょに動け。勝手に動いてはならぬぞ」

伝次郎が釘を刺すと、与茂七は神妙《しんみょう》な顔でわかりましたと答えた。

伝次郎はそのまま恵比寿屋の隣にある大坂屋を訪ねた。

「壮助という恵比寿屋の小僧がいると聞いたが……」

自分のことを名乗って帳場に座っている番頭に告げると、

「奥の座敷で休んでいます。うちの旦那と相談して、落ち着いたら壮助はうちで預かることにしました」

と、頭髪の薄い番頭が答えて、壮助が休んでいる奥座敷に案内してくれた。

そこは裏庭に面した小さな座敷だった。春にふさわしい薫風《くんぷう》が流れていて、庭の若葉が目にしみるほど鮮やかだった。

「南番所の沢村という。壮助だな」

座敷に入るなり、伝次郎は名乗って壮助の前に座った。

壮助はおぞましい事件に遭遇したせいか、表情が乏《とぼ》しい。おどおどとした態度で膝を揃《そろ》えて、伝次郎に向き直った。

「大変な目にあったな」

壮助は小さくうなずいて、うなだれる。

「加納という同心にしつこく聞かれただろうが、他にもおまえの話を聞いた人はいるか？」

「松田さまとおっしゃる方にも話をしました」

壮助はぼそぼそとした声で答える。

「そうか、松田さんも聞きに来たか。それでは入れ替わり立ち替わりで鬱陶《うっとう》しいだろうな。いま聞いたばかりだが、ここで奉公することになったそうだな」

「はい」

「よかったではないか。壮助、そう固くなるな。おれは取って食おうとしているんじゃない。だがまあ、怖かっただろうな」

「………」

「その二人の同心に話をしたことでなくていい。何か思い出すことはないか？」

伝次郎は壮助を萎縮《いしゅく》させないように口許をゆるめて眺める。

まだ、あどけない顔をしている。汚《け》れを知らない黒く澄んだ瞳。小さめの口は実《じっ》直《ちょく》そうだ。

「怪我はどうなのだ？」

壮助が答えないので、伝次郎は言葉を重ねた。

「手当てしてもらったので、もう大丈夫です」

「そうか。だが、痛みが残っているだろう」

壮助は小さくうなずく。

「だけど、その程度の傷でよかったな。おまえは運が強いんだ。きっと、いい商売人になるだろう」

壮助が目をまるくして見てくる。口も薄く開けた。

「おじさんは、おまえの味方だ。そして、恵比寿屋の味方だ。みんなのために、この一件を調べて賊を捕まえたいと思っている。おまえだって賊のことが憎いだろうが、おじさんも憎い。捕まえなきゃ、恵比寿屋の旦那もおかみも、そしておまえを可愛がってくれた人たちも浮かばれないものな」

壮助は小さな口をきゅっと結んだかと思うや、黒く澄んだ瞳に涙をためた。

「何度も同じことを聞かれていやだろうが、これまで話していないことはないか？どんなことでもいい。思い出すことがあったら教えてくれないか」

そのとき、店の小僧が茶を運んできた。

「これはすまぬ」

伝次郎は茶を受け取り、ひとつを壮助の膝許に置いてやった。

「どうだ、何か思い出せぬか？」

茶を持ってきた小僧が下がってから、もう一度声をかけた。

壮助は小首をひねる。

「ならば、賊が入った晩の戸締まりはしっかりしていただろうか？」

この問いに、壮助はすぐに答えた。

「戸締まりはわたしがしました。そして、ちゃんとたしかめもしました」

「すると、賊は容易《たやす》く入ることはできなかった。だが、入ってきた。どこから入ってきたか見当《けんとう》はつかぬか。おまえは店のことなら何でも知っているはずだ」

壮助はこの問いに少し戸惑った顔をして短く考えた。

「賊が入りやすかった場所があると思うんだ」

「それなら女中部屋の縁側だと思います」

伝次郎はきらっと目を光らせた。壮助はつづける。

「戸袋が半分壊れていて、雨戸をしっかり閉められないんです。それに、女中さんたちは風が入ったほうが気持ちいいと、ときどき勝手に開けて寝ていますから……」

「女中部屋は台所のそばだな」

「居間のつづきです」

伝次郎はさっき見てきたばかりの、恵比寿屋の屋内を思い出した。勝手口の外に裏木戸があり、裏木戸の手前から奥の小庭まで細い通路のような空間がある。そこにも小さな植え込みがある。

「裏木戸があるな。そこは簡単に開けられるだろうか?」

「難しくないと思います。内側から猿は掛けていましたが……」

伝次郎は裏木戸と、女中部屋の縁側の雨戸を調べなければならぬと思った。

「おまえはひとりで寝ていたのか?」

「新作さんと同じ部屋でした。わたしは新作さんに起こされたんです。下で変な物音と声が聞こえるって」

「それで……」

「悲鳴ではなかったですけど、苦しそうなうめき声を聞きました。それから階段を上ってくる足音を……」

壮助はそのときのことを思い出したのか、ぶるっと体をふるわせた。

「その足音は賊だったのだな? 何人だった?」

「わたしの部屋に入ってきたのは二人だと思います。いえ、二人でした。顔は見えませんでしたけど、すぐに口を塞《ふさ》がれてわからなくなったんです。気づいたときは、新作さんが……」

壮助はぽろっと涙をこぼし、唇をふるわせた。光る涙が壮助の若い頬をつたった。

「怖かっただろうな。だが、しっかりしろ。おまえはこうやって生きているんだ。新作の分も生きてやらなければならぬ」

壮助は泣きながらうなずく。

「店に何人の賊が入ってきたかはわからないんだな」

壮助はうなずいた。

「賊が入る前のことだが、店の旦那でもおかみでもいいが、店の者が誰かと揉《も》めているようなことはなかったか?」

「……なかったと思います。お得意さんはいい人たちばかりなんで……」

「そうか。賊を捕まえなきゃならないが、他に何か思い出したことや、気づいたことはないか。どんなことでもいいんだが……」

壮助は視線を彷徨《さまよ》わせて短く考えた。

「変な人を見たことがあります」

「店が襲われる少し前です。わたしは毎日店の外の掃除をしますが、浪人のようなお侍がじっとうちの店を見ていました。はす向かいの米屋さんの庇《ひさし》の下に天水桶《てんすいおけ》があって、その横に立って、こっちを見ているような気がしました」

「それは襲われる何日前だ？」

「二、三日前も、その少し前にも見ました。何をしているんだろう？　誰かを待っているのかなと思ったんです」

　これは貴重な証言だった。

「その浪人の顔を思い出せるか？」

　壮助は首をひねった。

「よし、思い出せたら、この町の番屋に知らせてくれるか」

「はい」

　伝次郎はそれからもいくつかの問いかけをしたが、特に得るものはなかった。しかし、貴重な証言を得たのはたしかだ。

「壮助、また話を聞きに来るかもしれぬが、そのとき思い出したことがあったら、また教えてくれ」

壮助は涙を拭いてうなずいた。

五

「なに、松田が助に来ているじゃねえか」

白川権八郎は顔をしかめて、半兵衛を見た。

「なんでもお奉行からの指図があったようで……」

「おれは年番方から助をしろといわれて来たんだ。それじゃ、この一件の調べを四人でやるってことになるじゃねえか」

「そういうことになりますが……」

権八郎は尖った顎をするっと撫でて、反対側の商家をぼんやり眺めた。

二人は連絡場にしている尾張町二丁目の自身番前の床几に座っているのだった。

「ま、それならそれでいいだろう。探索は人手が多ければその分早く片づく。それで、賊の目星《めぼし》はついたのか？」

権八郎は半兵衛に視線を戻した。

「いや、まだです。何しろ殺しは恵比寿屋だけで起きてはいませんから」

「ほかに三ヶ所だったな」

「いま、それぞれに聞き調べをやっているところです」

「この件のことは大まかに聞いているが、とりあえず教えてくれ。おい、誰か茶を持ってこい」

権八郎は自身番のなかに声をかけて、半兵衛に話をうながした。

半兵衛は、松田久蔵と伝次郎に話したことを繰り返した。そばには権八郎の使っている小者が二人いて、その話に耳を傾けていた。

途中で店番が茶を運んできたので、権八郎は茶に口をつけて半兵衛の調べを聞いたあとで、

「それで、松田はどこをあたっているんだ？」

と、問いを重ねた。

「番頭と二人の手代のことを調べています」

「沢村は？」

「恵比寿屋を見に行っているはずです。生き残りの壮助という小僧にも話を聞いているでしょう」

「松田も、その壮助から話は聞いているのか？」

「聞いています」

「ならば、おれが聞くまでもねえか」

権八郎は探索の手数を省くことを考えている。町方の三人が小僧の壮助から話を聞いていれば、後手を取って自分が会うことはないと考えた。

「しかし、探索の人数は揃っているが、無駄なやり方をしちゃいねえか。ここはめいめいに調べを割り振ったほうがいい」

「わたしもそう考えていたんです。夕方には松田さんも沢村さんも、この番屋に戻ってきます。そのときに割り振りをしたらいかがでしょう」

「そうしよう。とりあえず、おれは恵比寿屋を見てくるが、おぬしはどうする」

「わたしの手先が番頭の清兵衛のことを調べているので、そっちにまわります」

「いいだろう。半兵衛、松田はともかく、沢村に後れを取る調べをするんじゃやねえぜ。やつァ、いまはお奉行のお声がかりだが、元は定町廻りだった。それも粗相《そそう》をしでかして役目を追われた男だ。やめて浪人になって出戻ってきたんだ。それで、何度か手柄を立てていい気になっている鼻持ちならぬ野郎だ」

「この件はわたしが最初に預かっているんです。手柄をわたしはしませんよ」

「その心意気だ」

権八郎はぽんと、半兵衛の膝をたたいて立ちあがり、

「それじゃ、夕方ここに戻ってくる」

と、言い置いて二人の手先をうながした。


伝次郎は再び恵比寿屋の屋内を調べていた。

壮助から聞いた話をもとにすれば、賊が侵入したのは、おそらく裏木戸ではないかと考えられた。裏木戸は頑丈《がんじょう》な作りではないし、高さもさほどない。かといって、容易《たやす》く乗り越えられはしない。

賊が踏み台を使ったと考えもしたが、木戸の猿をじっくり見ると、板目に隙間《すきま》がある。外から細い棒状のもので猿を動かすことができる。

伝次郎は刀の小柄《こづか》を隙間に差し込み、猿を外すことができるかどうか試してみた。

少し手間取りはしたが、あっさり動かすことができた。

（ここから入ったのかもしれぬ）

店の敷地に入ることはできても、今度は店のなかにどこから入ったかだ。壮助の話からも、伝次郎が店の二階を検分したことからも、賊は一階から入ったはずだ。

ではどこからか？

まずひとりが店に入れば、他の仲間を店に誘導するのは容易いことだ。

壮助は女中部屋の縁側の戸袋が壊れていて、雨戸をしっかり閉められないと言った。それに女中たちは風を入れるために、勝手に雨戸を開けて寝るとも付け加えた。

たしかめると、なるほど戸袋の底板が腐っているらしく、雨戸を出すのに往生《おうじょう》する。それに滑りが悪いので、きっちり閉まらない。だが、開けるとなると、どんなに丁寧《ていねい》に扱っても雨戸はガタガタと音を立てる。

すると、女中は開けて寝ていたのかもしれない。雨戸が開いていても、縁側の内側の障子を閉めれば、暑苦しくもなく寒くもないこの時季ならさほどの影響はないはずだ。事件が起きた夜には雨も降っていなかった。

賊の侵入口に見当をつけた伝次郎は、女中部屋の前の地面に目を凝らした。賊の落とし物でも見つかれば、何かの手掛かりになるはずだ。しかし、そんなものはなかった。

勝手口から台所に入り、表戸につづく土間にも目を凝らした。帳場の前には糸の束や箱物が積まれている。

座敷や帳場は荒らされ放題だが、店の商品は几帳面《きちょうめん》に積んである。賊は商品の糸には見向きもしなかったのだ。

土間には落とし物はなかった。視線を変えて帳場に目を向ける。荒らされているので帳面や小抽斗が落ち、乱雑に散らばっている。算盤《そろばん》や硯《すずり》や筆も文机《ふづくえ》の周辺に落ちていた。

表の潜り戸がギイと音を立てて開いた。はっとなってそっちを見ると、ひとりの男が入ってきた。光を背にしているので、顔は見えない。

「誰だ？」

「沢村か……」

伝次郎は眉宇をひそめた。

男は黙って近づいてきた。薄闇のなかに相手の顔が浮かびあがった。

「白川さん」

入ってきたのは白川権八郎だった。

「何をしているんだ」

六

「賊の落とし物がないか、それを探しているところです」

伝次郎は帳場から出た。

「それで何かあったか?」

「いいえ。ただ、賊がどこから入ったか、その見当はつきました」

権八郎の片眉が動いた。その顔の片頬だけが、表から射し込む弱い光を受けていた。

「どこだ?」

「おそらく裏木戸でしょう。木戸には隙間があり、猿が甘いので、外から細い簪《かんざし》のようなものを使えば容易く開けられます。店のなかへは、女中部屋のそばにある縁側から入ったのかもしれません」

「なぜ、そうだと……」

「百聞《ひやくぶん》は一見《いっけん》にしかずでしょう。案内します」

伝次郎は土間に下りて、勝手口から店の裏に出た。

まず、裏木戸の開け方を実地で説明して、女中部屋の雨戸を開け閉めした。

「この雨戸は建て付けが悪くなっています。無理にこじ開けると音を立てます。しかし、女中は雨戸を開け放して寝ていることがあったそうです。もし、そうだったのなら、店のなかにひとりが入り、他の仲間を引き入れるのは容易いことです」

「女中が雨戸を開けて寝ていたという根拠は何だ」

「壮助という生き残りの小僧から聞いたことです」

「ふむ」

「白川さんもこの件の助に見えたのですね。半兵衛から聞いています」

「松田も加勢しているそうじゃねえか」

「そうです」

「四人も割《さ》いて、他のことは大丈夫なのか……」

権八郎は独《ひと》り言《ごと》のようにつぶやいて、裏木戸から庭へ足を向けた。そこは細い通路になっている。建物の角を曲がると、店の庭である。

この店で惨劇のあったことなど知らない目白が、庭木に止まってさえずっていた。

「ここから入ることはできねえか……」

踏み石に片足をのせ、庭をひと眺めして伝次郎を見た。

尖り顎で頭髪が薄く、広い額は脂気《あぶらけ》があり日の光を照り返している。

「他に何かわかったことはあるか」

「いまのところは……」

「半兵衛から聞いたが、やり方が杜撰《ずさん》だ。ばらばらに調べているだろう」

「わかっています」

権八郎は伝次郎を静かに眺めた。何か言いたげだが、言葉を呑むのがわかった。

代わりに別のことを口にした。

「今日の調べが終わったら、連絡場でこれからのことを話し合う」

「承知しました」

伝次郎が答えると、権八郎はそのまま庭を出て行こうとしたが、ふと立ち止まって振り返った。

「沢村、おぬしの立場はわきまえているが、いい気になるな」

それだけを言うと、権八郎は今度こそ背を向けて去った。

(おれが邪魔なのか)

だったら勝手にそう思っておれ、と伝次郎は吐き捨てて権八郎のあとを追うように恵比寿屋を出た。

近所で聞き込みをしているはずの粂吉と与茂七を捜したが、見あたらなかった。

ならば、番頭の清兵衛の調べに行っているはずだと思い、山下町の玄七店《げんしちだな》を訪ねた。

腰高障子に「忌中」の貼り紙があり、長屋は死者を悼《いた》むようにひっそりとしていた。井戸端で赤子を負ぶったまま、洗い物をしていたおかみがいたので、自らを名乗って清兵衛の家のことを聞いた。

「今日は野辺《のべ》送りなんです。大家さんも、長屋の人も墓に行って留守です」

「清兵衛の女房の名は何というんだ？」

「おたねさんです」

伝次郎はそのまま長屋を出てもよかったが、せっかくだから話を聞くことにした。

「清兵衛の評判はどうだった？」

「いい人でした。わたしにも他の人にもあたりがよくて……。あんな不幸な目に遭う人じゃないのにって、みんなと話をしていたんです。残されたおたねさんが気の毒です」

「おまえさんは、なぜ野辺送りに行かないんだ」

「この子が泣いてうるさいし、亭主が行っていますから遠慮しているんです」

「そうか。それで清兵衛がああなったことに何か心あたりはないか」

若いおかみは小首をかしげ、背中で眠っている赤子をあやすように膝を動かした。

「見知らぬ男が訪ねてきたとか、女でもいいが……」

「さあ、それは……」

やはりおかみは首をひねる。

「揉め事に巻き込まれていたような話はなかっただろうか」

「そんなことは聞いてませんね」

「それじゃ、気になるようなことは……」

それもわからないと、おかみは答えた。

埒《らち》があかないので、伝次郎はそのまま長屋を出た。

清兵衛の死体が見つかったのは、山城《やましろ》河岸沿いの堀、山下御門のそばと聞いていた。そっちに足を運ぶと、背後から声をかけられた。

「旦那さん」

振り返ると、与茂七が粂吉といっしょに近寄ってきた。

「何かわかったか」

「殺しの場を見た者もいませんし、女房のおたねも亭主がなぜあんな殺され方をしたのかわからないと言います」

粂吉が答える。

「女房は野辺送りに行っているそうだな」

「昼頃には戻ってくるでしょうから、また話を聞こうと思っていたところです」

「そうだな。それで、清兵衛の死体を見つけたのは誰だ？」

「金五郎《きんごろう》という納豆売りです。その橋のそばにぽっかり浮かんでいるのを見て、商売の納豆籠《かご》を落とすほど驚き、そこの番屋に駆け込んでいました」

「すると、調べは番屋でやったんだな」

伝次郎はそう言いながら、すぐ先にある自身番に足を向けた。

戸口を入ってすぐだった。

「何だ、伝次郎……」

居間の上がり口に松田久蔵が座っていた。

七

「いつ来るかと思っていたのだ」

久蔵が笑みを浮かべながら声をかけてきた。伝次郎が敷居をまたぐと、入れ替わるように久蔵が使っている二人の手先が気を利かせて表に出ていった。

「納豆売りが番頭の清兵衛の死体を見つけて、この番屋に知らせに来ていますね」

伝次郎は、久蔵と、そこに詰めている書役《かきやく》と店番を眺めた。

「そのことだったら、おれが聞いている」

伝次郎は久蔵に顔を戻した。

「清兵衛の死体を見つけたのは、金五郎という納豆売りだ。見つけたときは仰向《あおむ》けになっていたが、引き揚げると背中を刺されていたことがわかった。使われた得物を探したが、いまのところ見つかっていない。殺された時刻ははっきりしないが、おそらく四つ（午後十時）前だろう。女房のおたねの話では、清兵衛はどんなに遅くなっても、四つまでには家に帰っていたらしいからな」

「下手人の手掛かりは？」

「あれば、こんなところにいないさ」

久蔵は首を振って答え、茶に口をつけた。

「探索は四人でやるようです」

伝次郎は久蔵の隣に腰を下ろした。

「へえ、そうかい。もうひとりは誰だ？」

「白川さんです」

「ほう、あの人が……。ま、人手は少ないより多いほうがいいだろう」

久蔵は意味深げな間を置いて、もう一度茶に口をつけた。

「壮助に会って話を聞き、どこから賊が店に入ったか見当がつきました」

伝次郎の言葉に、久蔵は湯呑みを口の前で止めたまま見てきた。

「おそらく裏木戸です。猿が甘いんです」

伝次郎はそう言って、裏木戸のことと女中部屋の前の雨戸のことを端的に話した。

「他から入ったというのはちょっと考えられないので、おそらくそういうことだと思います。かといって、それはそれだけのことで、賊捕縛の手掛かりになることではありません」

「うむ、そうだな」

「しかし、恵比寿屋が襲われる前に、壮助は浪人のような男を見ています。一度だけではありません。賊の襲撃前、数日の間に何度か見ているんです」

久蔵は目をみはって伝次郎を見る。

「そやつの顔を壮助は覚えているのか？」

「はっきりは思い出せないようです。しかし、じかに顔を合わせれば、思い出すはずです」

「すると、どうやってその浪人を捜すか、それが問題か……」

「わかっていること、これからわかることを積み重ねていけば、自《おの》ずとその浪人のことは浮かんでくるでしょう。もっとも、そやつが賊の一味であればですが……」

「そのこと、頭に入れておこう。それで、他には？」

伝次郎は首を振ってから、久蔵のほうはどうなのだと訊ねた。

「突っ込んだ調べはまだできていない。手掛かりが少なすぎるせいだ。番頭の清兵衛が殺された晩のことも、よくわからぬ。女房のおたねは、清兵衛の帰りがいつもより遅いことにやきもきしていたようだが、殺されるまでのことは何も知らぬ」

「すると清兵衛は店を出たあと、家にまっすぐ帰らずに寄り道をしていたってことですか」

「そういうことになる。この界隈《かいわい》の料理屋や居酒屋をあたったが、清兵衛が立ち寄った店はなかった」

「聞き込みの範囲を広げなければなりませんね」

「まずは店の近くからあたっていくしかないだろう。清兵衛は酒に呑まれる男ではないが、晩酌は欠かさなかったというから気に入った店があるはずだ。日が暮れたら、そっちを調べることにする」

「夕刻に尾張町の番屋で寄合《よりあ》いをすると、白川さんが言っています。おれも一度顔合わせすべきだと思うので、そのときまでにまた何か新たなことがわかっているかもしれません」

「そうであることを願うよ。しかし伝次郎、こりゃあちょいと厄介《やっかい》だぞ」

「そう思います。まず、店で二十六人が殺されたことです。賊は騒がれる前に、店の者たち全員の口を封じています。普通に考えるなら、誰かひとりぐらい寝つけない者がいてもおかしくありません。店には二十七人が寝ていたんですからね」

「考えることは同じだな。おれもそれは疑問なのだ。眠りの浅い者や寝つけないでいた者がいれば、悲鳴なり大声を発したはずだからな。だが、そんなことはなかった。賊は鮮やかな手口で、つぎつぎと店の者を手にかけていった。偶然できたというのは、どうも考えにくい」

「奉公人がもう少し生き残っていれば……」

伝次郎は唇を噛んで、小さく嘆息《たんそく》した。

「とにかく、聞き調べをつづけるしかない。白川さんは探索を分けるつもりだろうが、それまではおのおの動くしかない。伝次郎、おまえはどこをあたる？」

伝次郎は表を見た。まだ日は高い。

「手代は二人いましたね」

「佐平と宗右衛門だ。宗右衛門は番頭の仕事もしていたらしい」

「では、わたしは佐平をあたってみましょう」

「いいだろう」

伝次郎と久蔵は、そのまま自身番を出た。

向かうのは手代の佐平が住んでいた加賀町《かがちょう》の圭右衛門店《けいえもんだな》だ。しかし、こちらの調べはすでに半兵衛の手先がすませており、伝次郎たちの聞き調べは後追いとなった。

それでも何か聞き漏らしや見逃しがあってはならないので、条吉と与茂七と手分けをして付近の聞き込みを試みた。

新たにわかったことは何もなかった。わかっているのは、仕事を終えた佐平が芝口二丁目の許嫁の家を訪ね、五つ（午後八時）頃帰ったということだ。

刺殺されたのはその帰りと考えてよかった。発見されたのは翌朝の五つ（午前八時）過ぎで、場所は路地裏で、死体には菰《こも》が掛けてあったという。

見つけたのは、その路地裏へ遊びに来た近所の子供だった。

「いったん引き揚げるか……」

ひととおりの聞き込みを終えた伝次郎は、暮れかかった空を見て、粂吉と与茂七に声をかけた。

そのまま連絡場になっている尾張町の自身番に戻ったが、戸口を入る前に、怒鳴り声が聞こえてきた。

「てめえら目はついてんのか！　耳はついてんのか！」

# 第三章　女中

一

伝次郎が戸口に立つと、半兵衛が怒りの収まらぬ顔を向けてきた。その半兵衛の前には、小者の幸三郎と甚兵衛がうなだれて立っていた。

「どうしたのだ」

伝次郎が問うと、なんでもありませんと言って、

「表で待ってろ」

と、二人の小者に顎をしゃくった。

幸三郎と甚兵衛は、悪戯《いたずら》をして叱られた子供のように自身番を出て行った。

「何があった」

伝次郎はもう一度聞いた。

「手代の宗右衛門のことを調べさせていたんですが、聞き漏らしがあったんです」

「何を漏らしていたんだ」

「宗右衛門はあの日、店から一度家に帰ると、近所の飯屋に行っています。そして自宅長屋に帰ってきたのが、五つ前でした。その前に、宗右衛門の家を訪ねてきた男がいたんです。そいつは、いったん長屋を出たあと、宗右衛門の帰宅を見届けて、また訪ねていました」

「誰かわかっているのか？」

「いいえ。同じ長屋に住んでいる勇次《ゆうじ》という居職《いじょく》の職人がその男を見ていました。年は三十ぐらいで、店者《たなもの》のようだったと、それだけです。そいつが宗右衛門を殺したかもしれないのに、わたしの手先は……」

半兵衛はちっと舌打ちをして、使えないやつらだとぼやく。

「宗右衛門は首を絞められていたのだったな。使われたのは紐のようなものだった。その紐は見つかったのか？」

「いいえ。下手人がそのまま持ち帰ったんでしょう」

「宗右衛門を訪ねた男の顔は？」

「夜でしたし、長屋は暗いので顔はわからなかったと言います」

伝次郎は短く考えて、言葉をついだ。

「宗右衛門を訪ねたのは店者のようだったと。侍ではなかったのだな」

「刀は差していなかったらしいので……」

「ふむ」

「何かあるんですか……」

半兵衛が怪訝《けげん》そうな目を向けてくる。そのとき松田久蔵が戻ってきた。

「ご苦労さまです。何かありましたか？」

伝次郎が声をかけると、久蔵は疲れた顔で首を横に振って、

「賊らしき者を見た者が少ない。木戸番があやしいやつを見ているが、そやつが誰であるか決めつけるものがない。賊につながる拾いものもなしだ」

と、言って嘆息した。

「半兵衛、恵比寿屋からいかほど盗まれたか、それはわかったのか？」

伝次郎は半兵衛を見た。

「さっき、知らせが入ったばかりです。帳面の調べでは……」

半兵衛が言葉を切ったのは、白川権八郎が戻ってきたからだった。

「揃っているな」

権八郎は敷居をまたいで入ってくると、そこにいる三人を眺め、

「早速、やるか」

と言って、居間にあがった。

その自身番には奥にもうひとつ畳の部屋があり、詰めている書役と店番はそちらに移った。

伝次郎と久蔵が並んで座り、権八郎と半兵衛と向かい合った。

「この一件は、近年にない凶悪事だ。お奉行も抜かりない調べのうえ、必ずや賊を捕縛しろと厳命されている。沢村、おぬしはそのことをよく心得ているはずだ」

伝次郎は目顔でうなずく。

「この一件は、半兵衛の掛《かかり》であった。しかし、二十九人の命が奪われている。さらに、殺しは四ヶ所で行われている。とてもひとりで調べきれるものではない。

よって上役から半兵衛の加勢をしろというお指図があった。松田に声がかけられたのも、このわしに指図があったのも、さようなことだ」

伝次郎たちは暗にうなずく。

「調べはすでにやっているが、賊を追う手掛かりが少ねえ。これまでわかっていることを吟味して、明日からの調べを手分けする。それでいいな」

また、みんなはうなずく。

「では半兵衛、おぬしからはじめろ」

半兵衛は伝次郎と久蔵を見て、空咳《からせき》をしたあとで、すでに伝次郎が聞いていることを端的に話し、

「さっき沢村さんにも聞かれましたが、恵比寿屋から盗まれた金のことがわかりました。もっとも、これは店にあった売掛帳や出入帳などから、年番方が算用をして推量した金額です。店には帳面に載っていない金もあったと思われますが、年番方の調べではざっと六百両です。しかし、過去数年前まで遡《さかのぼ》っての利益が蓄えとしてあるはずなので、少なく見積もっても二千両は下らないだろうと言うことです」

「二千両……」

権八郎が眉を動かしてうめくような声を漏らした。

「つぎに賊を追う手掛かりですが、まだはっきりしたものはつかめていません。聞き込みによってわかったのは、手代の宗右衛門は、番頭の仕事も兼ねていた男ですが、事件当夜は店から自宅長屋に帰ったあと、近所にある飯屋に行っています。その間に、宗右衛門を訪ねた店者らしき男が見られています。留守と知った男は一度長屋を出、宗右衛門が飯屋から戻ってきたあと、再び宗右衛門を訪ねていました。これが、五つ頃のことです」

「宗右衛門が恵比寿屋から長屋に戻ってきたのは何刻ごろだ？」

久蔵だった。

「六つ半（午後七時）前だったようです」

「宗右衛門を二度目に訪ねた男のその後は？」

「それは誰も見ていないと言います。隣の住人は話し声も物音も聞いていません」

「どういうことだ……」

疑問を呈《てい》したのは権八郎だった。

「短いやり取りはあったんでしょうが、男は宗右衛門を訪ねるなり手に掛けたのではないでしょうか。宗右衛門は首を絞められていましたから、声も出せなかった。そう考えるしかありません」

「首は紐のようなもので絞められていたのだったな。その紐は？」

「下手人が持ち去ったようで、見つかっていません」

「宗右衛門を訪ねた下手人と思われる男の行方を追うんだ。半兵衛、おぬしの仕事だ」

権八郎が指図し、他にわかったことはないかと訊ねる。

「とくにありません。松田さんはいかがです？」

半兵衛に名指しされた久蔵は、

「いまはとくに話せることはない」

と、苦虫を嚙みつぶしたような顔で伝次郎を見た。

権八郎が伝次郎をうながす。

「わたしにはいくつかあります。これまでわかっていることは、皆さんご存じのはずですから省きますが、まず生き残った壮助が店が襲われる数日前に、恵比寿屋を見張るように立っていた浪人を見ています」

「なに、それはいつわかったのだ？」

権八郎だった。

「恵比寿屋で白川さんに会いましたが、その前に壮助から話を聞いてわかったことです」

「なに、それだったらなぜ、恵比寿屋で会ったときに言わなかった」

権八郎は白髪《しらが》交じりの眉をつりあげ、咎め立てする目を向けてくる。

「たしかにあのときに言うべきでした」

「おい沢村、探索を組んでやるときには、互いに拾った種《たね》（情報）をやり取りするのが筋だ。あのときに言うべきでしたなどと、二度とそんなことは許さねえからな」

「気をつけます」

伝次郎は素直に頭を下げたあとで、言葉をついだ。

「もうひとつ。これは白川さんにも話しましたが、賊がどこから恵比寿屋に入ったか、そのおおよその見当がつきました」

伝次郎は壮助の証言を元に、裏木戸と女中部屋前の雨戸のことを話した。

「賊がどこから入ったかがわかったとしても、たいしたことではねえだろう。肝心なのは賊がどこへ逃げたかだ。その足取りをつかむのが先だ」

「お言葉ですが、賊がどこから押し入ったか、それは疎《おろそ》かにはできませんよ。伝次郎の話から賊が裏木戸から入ったとすれば、裏の路地を使っているはずです。あの路地は表の通町と山下御門に向かう小路につながっています。そこには料理屋や居酒屋があります。刻限も刻限でしょうが、酔客や店の者があやしいやつを見ているかもしれません」

久蔵が意見したので、権八郎はむんと口を引き結んだあとで、

「言われずともわかっておるわい。よし、沢村、おぬしはそっちの調べだ」

と、伝次郎に指図した。

「それで他に手掛かりらしきことは……」

権八郎は半兵衛、久蔵、伝次郎という順に見て言った。

「今日新たにわかったことは、以上でしょう」

と、半兵衛が答えた。

「松田、おぬしは番頭清兵衛の一件を調べてくれるか。わしは手代の佐平を調べる。

「それでよいか」

寄合いを仕切る権八郎はみんなを眺める。誰も異存はないという顔だ。

「では、そういうことで探索を進める。よいな」

そのまま話し合いを打ち切ろうとした権八郎に、

「お待ちくださいい」

と、伝次郎が声をかけた。

二

「なんだ？」

権八郎が威嚇《いかく》するような目を向けてきた。伝次郎は毫《ごう》も動ぜず、言葉をついだ。

「わたしは恵比寿屋を調べますが、主の儀兵衛と奉公人らのことを探らなければなりません。その数は二十六人です」

「それがどうした」

「何人かに絞り込めれば調べは楽でしょうが、二十六人全員を調べるにはかなりの手間がかかります。使っている手先を、何人かわたしのほうにまわしてもらえませんか」

「それぞれに手先はいる。何とかしろ。おのおのの調べがすんだら、そのときに手を貸すということでいいだろう」

「いや、それはまずいでしょう」

久蔵だった。権八郎は久蔵に鋭い眼光を向ける。

「賊とつながっていた奉公人がいたかもしれぬのです。伝次郎が調べて見当をつけた賊の押し入り口は、たしかに裏木戸と女中部屋の雨戸だったかもしれない。しかし、賊とつながっていて、手引きした奉公人がいたかもしれない。むろん、その奉公人は口封じのために殺されたのでしょうが、そのことを考えると、伝次郎の調べは手間がかかります」

「ならば、いかがするか……」

腕を組む権八郎を見た久蔵は、さらに言葉をついだ。

「賊とつながっていた奉公人がいたというのは、大いに考えられることです。なぜなら、店で休んでいた二十六人が殺されたからです」

「それで……」

「二十六人は一斉に深い眠りに落ちたのではないはず。眠りの浅い者もいたかもしれない、なかなか寝つけない者もいたかもしれない。賊が押し入ってきたときに、その者はいち早く気づいたはずです。しかれど、その形跡がない。わたしはその辺が腑《ふ》に落ちぬのです」

隣に座っている伝次郎は、さすが松田さんだと感心する。

「おぬしは、賊とつながっていた奉公人がいたと考えているのだな。たしかに、ないがしろにはできねえことではあるが……」

権八郎は一度腕を組み、すぐにその腕をほどいて口を開いた。

「よし。そう言うなら松田、おぬしの手先を沢村につけろ。それなら文句はあるめえ」

それは乱暴すぎると、伝次郎はかっと目をみはって権八郎を見た。

「白川さん、ひとりで結構です。松田さんの調べも楽ではないはずですから」

「ならば伝次郎、八兵衛を使え」

伝次郎は久蔵に顔を振り向けた。

「遠慮はいらぬ」

「申しわけありません」

伝次郎は八兵衛を預かることにした。

「沢村、申すまでもないことだが、外役の連中はそれぞれに抱え持っている事件に振りまわされておる。だが、手の空いた者がいればおぬしのほうにまわすことにする」

権八郎にしては思いやりのあることを言う。

「そのときには是非にも」

「だが、この調べは急がなければならん。もし、賊が江戸を離れてしまえば、もはや打つ手はない。その前に何としてでも賊を捕縛せねば」

権八郎は一拍、もったいぶったような間を置いてつづけた。

「よいか、この一件、南町の威信にかけても必ずや賊を捕縛せねばならん。使える岡っ引き、下っ引きを遠慮なく使え。明日から気を引き締めて取りかかる」

その夜の寄合いはお開きとなった。

「旦那さん、なんだかおれたちが一番荷が重いんじゃないですか」

表で話を聞いていた与茂七が歩きながら言う。

「それだけやり甲斐《がい》があるというものだ」

伝次郎がさらっと言ってのけると、

「その辺が旦那の懐の深さなんだよ」

と、粂吉が与茂七を諭すように言う。

すでにあたりは暗くなっており、空には星が散らばっていた。

伝次郎は家路につきながら、その日、壮助から聞いた浪人のことを考えていた。

恵比寿屋を見張るように立っていた男だ。それはおそらく賊のひとりと考えていい。

「だけど、何で賊は恵比寿屋を狙ったんですかねえ」

与茂七の素朴な疑問だったが、

「それが大事なところだ。押し入るにはそれなりの下調べをしていただろうし、恵比寿屋の内情にも通じていなければならぬ」

伝次郎がそう言えば、粂吉が言葉を添え足した。

「すると、恵比寿屋をやめた奉公人も調べなきゃなりませんね」

たしかにそうだった。

「こりゃあ大変な仕事だ」

与茂七が驚き顔で伝次郎と粂吉を見た。

三

翌朝のことだった。

「大変なお役目をなさっているのに、わたしは……」

千草は新たな店を出すのに心を浮き立たせていたが、与茂七が此度《こたび》の調べがいかに大変かということを口にしたので、にわかに顔を曇らせた。

「気にすることはない。役目は役目だ。千草は自分のことをやっておればよい。おれのことを気にしたところで、何ができるわけでもなかろう」

「そうでしょうけど、気が引けますわ」

「何を遠慮するやつがあるか。千草らしくもない。いまは繁盛する店を出すのが、おまえの仕事だ。そうではないか」

千草はもともと気っぷがよくてあかるく、潔く物事を割り切る姐御肌《あねご》を持ち合わせている。浮かない顔は似合わない。

膝許に視線を落としていた千草は、すっと顔をあげる。

「そうですね。わたしがあなたのお役目を気にしたところで、何の役にも立たないのですものね」

「家のこととおれの世話をしてくれている。それで十分だ」

「おれもお世話になっています」

与茂七が横から口を出したので、伝次郎はきっと短くにらんだ。与茂七はひょいと首をすくめる。

「さて、まいろう」

伝次郎は湯呑みを置いて大小を引き寄せた。

それからすぐ、伝次郎と与茂七は、千草の切り火で送り出されて恵比寿屋に向かった。

「与茂七、おまえが余計なことを言うからだ。調べのことはめったに口にするものではない」

伝次郎は家を出るなり、与茂七に苦言を呈した。

「すみません」

「これからは慎むのだ」

「はい」

伝次郎は亀島橋をわたりながら、たもとに舫《もや》っている自分の猪牙舟を見た。変わった様子がないことに安心する。大事な舟なので、常に頭の片隅にある。

恵比寿屋の前には、すでに粂吉が待っていた。伝次郎を見て挨拶をしてくる。

「おまえたちはこの近所で聞き調べをしてくれ。同じ聞き込みの繰り返しになるが、与茂七、これは大事なことだ」

まだ新米の与茂七には、念を押しておかなければならない。

「はい」

「賊がこの店に入ったのは、壮助の話から察すると、四つ半（午後十一時）から九つ（午前零時）の間ではないかと思われる。その間にやっている店は少ないが、その店もあたれ。もっとも、昼間は閉まっているだろうが、それはあとだ。だが、その店の得意客を捜して話を聞いてくれ。木戸番にも念を入れて再度の聞き込みをやれ」

「旦那は？」

条吉が見てくる。

「おれは奉公人を調べる。手間がかかるだろうから、昼まではこの店か、隣の大坂屋にいる。さ、行け」

伝次郎の指図を受けた条吉と与茂七は、早速聞き込みに走った。

恵比寿屋に入った伝次郎は帳場にあがった。荒らされたままだが、散らかっている算盤や筆や硯などを片づけ、帳簿の類いを手に取って眺める。

調べるのは奉公人請状《うけじょう》である。これは、雇い主と奉公人の契約書であり、保証書でもある。奉公人手形とも言う。

請状には、奉公人の請人《うけにん》（保証人）の印形《いんぎょう》と住所などが書かれている他、奉公人の身許や宗旨《しゅうし》などとともに、雇い主の決めた義務などが書かれている。

この帳面、そちらの帳面などと探しているうちに、やっと奉公人請状を見つけた。帳場箪笥の脇に積んである帳面の下のほうにあったのだ。

戸を開け放し、雨戸を開けているので、表のあかるい日の光が土間に射し込んでいた。

行商人や侍や店者、あるいは職人や子供などが、店先を通るたびに土間に影ができた。

伝次郎は請状を丹念にめくっていく。調べるのは店で殺された奉公人たちだ。もっとも、女中や下男などは口入屋《くちいれや》からの紹介だろうから、あとの調べとなる。

請状は数冊あったが、それは書き写されたものだとわかった。伝次郎は古いものを省き、わりと新しいものを二冊選んだ。そのまま隣の大坂屋を訪ねると、開店前の支度《したく》にかかっている奉公人たちのなかに壮助がいた。

大坂屋のお仕着せを着て、帳場前の上がり框《かまち》に雑巾をかけていた。

伝次郎は近くにいる手代に断り、壮助から話を聞くことにした。

「腹の傷はもういいのか？」

「はい、もう疼《うず》きませんし、傷もきれいに塞がりました」

「それはなによりだ。今日は賊が入ったときにいた奉公人のことを教えてもらいたいのだ」

伝次郎は帳場裏の小部屋で、壮助と向かい合っていた。

「ここに請状を書き写した帳面がある。目を通して教えてくれないか」

壮助は帳面を受け取ると、ゆっくりめくっていった。

「あの晩、賊の手にかかった者がいるはずだが……」

伝次郎が声をかけると、壮助はあどけなさの残る顔をあげて、この人とこの人だと、つぎつぎと指を差していった。伝次郎はそれを手許の半紙に書き付けた。

「男ばかりだが、女中はやはり口入屋からの紹介で来ていたのだろうか？」

「女中さんは、親戚や旦那さんの知り合いから紹介された人たちばかりでした」

「女中は四人だな。通いはいなかったのか？」

「盆暮れの忙しいときには、飯炊きや掃除に来る人がいました」

「それも恵比寿屋の知り合いか？」

「そうだと思います」

伝次郎はその女中のことも聞いて、書き付けた。

「このなかに行状《ぎょうじょう》の悪そうな者はいなかっただろうか……」

「行状……？」

壮助は首をかしげる。

「賊とつながっていた者がいたかどうかだ。質《たち》の悪い人間と付き合いがあったとか、また、そんな者が訪ねてきたとか……」

「……そんな人はいなかったはずです」

「店をやめた者もいるはずだ。その者たちはどうだ？　あやしいと思うような者はいないだろうか？　おまえは店に入って何年だ？」

「奉公に来たのは十三のときですから四年になります」

「その四年の間に、店を潰《つぶ》すのではないかと思うような者がいたかもしれぬが、どうだ？」

「それは……やっぱりわかりません。わたしはいなかったと思います」

壮助は首をかしげ、まばたきをしながら答える。

「では、手代や番頭はどうだ？」

「手代の佐平さんも宗右衛門さんもいい人でした。番頭さんは旦那さんも頼りにされていましたから、悪い人との付き合いはなかったと思います。店の外でのことはわかりませんが、みんないい人でした」

結局、伝次郎の心に引っかかるような奉公人はいなかった。壮助の弁を信用すれば、そういうことになる。

「それじゃ、何か気になることを思い出せないか？」

「いろいろ考えたのですけど、何もないんです。とにかく突然のことでしたから……」

「ふむ。そうだな。壮助、また聞きに来ると思うが、よろしくな」

壮助は小さく頭を下げた。

四

大坂屋を出た伝次郎は、その後、恵比寿屋の近くにある口入屋を訪ねた。

尾張町には二軒の口入屋があったが、恵比寿屋へ女中の斡旋《あっせん》はしていなかった。

伝次郎は少し足を延ばし、三十間堀町《さんじっけんぼりちょう》・南鍋町・滝山町《たきやまちょう》にある口入屋を訪ねたが、どこも恵比寿屋に関わってはいなかった。

しかし、惣十郎町《そうじゅうろうちょう》に、恵比寿屋に女中を紹介した口入屋があった。

「へえ、何人か恵比寿屋の旦那に頼まれて紹介していますよ」

「このなかにいないか?」

伝次郎は書き付けを見せた。

壮助から聞いた女中たちの名前を書いたものだ。

「いや、いませんね。うちで紹介したのは、三人しかいないはずです。ちょっとお待ちください」

主は几帳面な男らしく、背後にある帳面の束から一冊を引き抜き、

「忘れないように、これに書いているんです」

と、手につばをつけながら帳面をめくっていった。

しばらくしてから、主は三人の女の名前を口にした。

ひとりは二年前、ふたり目は一年前、三人目は半年前だった。

伝次郎は考えた。賊が押し入ったのは、つい先日のことである。

店のことを知るには、もっとも現在に近い女が適している。番頭や手代の住まいも、その女なら知ることができたはずだ。

それはお貞《さだ》という女だった。年は二十三歳。住まいは加賀町の正造店《しょうぞうだな》。

伝次郎は早速、お貞の長屋を訪ねたが、先月越したことがわかった。長屋の住人

はその引っ越し先を知らなかった。

伝次郎はその調べを後まわしにして、また壮助に会った。

「お貞さんなら覚えています。たしかに半年ぐらい前に店に来ましたが、三月《みつき》ぐらいでやめたはずです。でも、ときどき他の女中さんたちに会いに来ていました」

伝次郎は目を光らせた。

「お貞が会いに来たという女中は、もう生きてはいないな……」

「……そうですね」

「お貞はどんな女だった？」

「ちょっときつい顔をしていましたが、笑うととっても愛嬌《あいきょう》のある人でした。あかるくてちゃきちゃきと仕事をしていました」

「なぜ、やめたんだ？」

「さあ、それは……」

伝次郎は首をかしげる壮助に、また来ると言って大坂屋を出た。すると、恵比寿屋の前に粂吉と与茂七が立っていた。

「どうだ？」

伝次郎が聞くと、二人とも首を横に振り、

「賊らしいやつを見た者はいません。もっとも、何軒か夜遅くやっている店があるんで、その店が開いたらまた聞きに行きます」

と、粂吉が答えた。

伝次郎はお貞という女中のことを話し、

「どうしてもお貞からは話を聞きたい。引っ越し先を調べてくれないか」

「わかったらどうします？」

「会って話を聞く」

粂吉と与茂七が去ると、伝次郎は再び恵比寿屋に入り帳場に座って、請状の写しの書かれた帳面に視線を落とした。

（このなかに賊とつながっている者がいるとすれば、それは誰だ？）

壮助はそんな人はいなかったと言ったが、そのまま鵜呑《うの》みにするわけにはいかない。しかし、その人物を特定するにはどうすればよいだろうかと考える。

賊は誰にも気づかれずに店に押し入り、凶行に及び、大金を盗んで逃げた。

（なぜ、店の者は気づかなかったのだ？）

どうしてもそのことが頭に引っかかる。

「沢村さん」

突然の声に、伝次郎はびくっと肩を動かして戸口を見た。

久蔵が使っている小者の八兵衛だった。

「遅くなってすみません。旦那の調べの手伝いをしていまして……」

「何かわかったか？」

「下手人の手掛かりはつかめないままです。ただ、殺されたと思われる時刻の前に、清兵衛が立ち寄った小料理屋がわかりました。店に聞き調べをしましたが、清兵衛はいつものように静かに酒を飲み、ときどき店の主や贔屓《ひいき》の客と世間話をしただけで、変わった様子はなかったと言います。その店にも見知らぬ客はいなかったんで、下手人は表で待っていたんでしょう」

「店を出たのは何刻だ？」

「五つ半（午後九時）過ぎだったということです。おたねという清兵衛の女房は、殺されるような人ではなかったし、恨みを持たれるようなことは何ひとつないと言います。殺しの場を見た者も見つかりませんで……」

八兵衛は短く嘆息した。

「ま、そっちは松田さんにまかせておこう。それで八兵衛……」

「へえ」

「賊はどうやって逃げたと思う？」

「は……」

唐突な問いかけに、八兵衛は目をまるくした。

「賊がどこから入ったかの見当《けんとう》はついたが、大金を持ってどうやって逃げたかだ」

「賊はひとりじゃないはずですから、間を置いて店から出て行くしかなかったでしょう。表口からだと、木戸番や番屋の目がありますから……」

八兵衛は裏の勝手口を見る。

「裏から出て行ったのだろうが、その先のことだ。歩いて逃げたのかもしれないが、舟を使ったのかもしれぬ」

「舟……」

八兵衛は伝次郎を見て目をしばたたく。

「歩きだと、やはり目立つだろう。もっとも、朝まで待って、行商人や旅人などに化けて出たというのも考えられる。しかし、自分たちが殺したとはいえ、死体の転がっているこの店に朝までいたというのは考えにくい」

「すると、どっかに舟を用意していたってことですかね」

「ないとは言えぬ。この店に近い舟着場は三十間堀にいくつかある」

「一番近いのは木挽橋です」

「そうだ。その界隈で事件のあった晩、あるいは夕刻に見慣れぬ舟が着けられていたかもしれぬ。八兵衛、そのことを調べてくれ」

「承知しました」

八兵衛が恵比寿屋を出て行くと、伝次郎は再び帳場にある帳面に目を通していった。

五

加納半兵衛は手先の小者・幸三郎と甚兵衛の三人で、手分けしながら聞き込みをつづけていた。

追うのは、殺された宗右衛門の家を訪ねた男である。その男は二度見られているが、顔ははっきりしない。商家の奉公人のようだったという証言のみだ。

しかし、その男が宗右衛門殺しの下手人と考えて間違いないはずだ。

半兵衛は、宗右衛門が殺された晩に行った〈稲毛屋《いなげ》〉という飯屋で、聞き込みを終えて出てきたところだった。これで稲毛屋を訪ねるのは四度目だった。

「くそ、どこに隠れてやがるんだ」

汐留橋《しおどめ》の上で立ち止まった半兵衛は、欄干《らんかん》に手をつき、堀の水面に映る自分の顔を凝視《ぎょうし》した。小さな波があるので、その顔は揺らめいている。

「旦那……」

声に振り返ると、小者の甚兵衛だった。すたすたと足早に近づいてくる。

「下手人らしき男を見たと言う者がいました」

「なに」

半兵衛は細く吊りあがった目を見開いた。

「それが恵比寿屋の隣にある大坂屋の手代だったと言うんです」

「なんだと」

「男を見たと言うのは、そこの呉服屋に雇われているおつねというお針子《はりこ》で、通りで手代を見たと言うんです。それが、ちょうど宗右衛門が殺されたあとのようでして……」

「そのおつねはどこだ？」

半兵衛は遮って聞いた。

「家にいます」

「案内しろ」

半兵衛は歩きながら言葉をついだ。

「もし、おつねの言うその手代が宗右衛門殺しの下手人なら、そいつから賊をたぐり寄せることができる。手代の名はわかっているんだな」

「栄助《えいすけ》というらしいです。問題はその栄助が店にいるかどうかです」

「そっちはまだ、たしかめてねえのか」

「まずは旦那に知らせようと思いまして……」

「おつねから話を聞いたら大坂屋に行く」

おつねは木挽町六丁目の呉服屋・水戸《みと》屋に雇われているお針子だった。注文を受けて仕立て仕事をしているが、扇子《せんす》を何度か大坂屋で買っているので、栄助のことをよく知っていると話した。

「おまえが見たのは何刻《なんどき》だった？」

半兵衛は見るからに薄幸《はっこう》そうなおつねを凝視して聞く。

長屋のその居間には、仕立て途中の着物が広げられたり、衣紋《えもん》掛けに掛けてあったり、柳行李《やなぎごうり》に被せてあったりしている。

「五つ前です」

「手代の栄助は徳三店《とくぞうだな》から出てきたんだな」

これは大事なことだ。

「そんなふうに見えました」

「そんなふうに……」

「ええ、ちょうど木戸口の前だったんです。でも他の長屋から出てきて、そこで会ったのかもしれませんが……」

おつねは自信なさそうな顔になり、甚兵衛を見て、また半兵衛に顔を戻した。

「おまえは栄助に何か声をかけたか？」

「こんばんは、と言いました。でも、栄助さんは返事もせずにそのまま歩いて行ったんです」

「どっちへだ？」

「店に帰るんでしょうから、木挽橋のほうでした。橋をわたるのは見ていませんが……」

「だが、たしかに栄助だった。そうだな」

おつねは「そうです」と、うなずいた。

「栄助が下手人ならこりゃあ、とんでもねえ手柄だ。だが、やつが店にいるかどうかだ」

半兵衛は大坂屋に向かいながら、つぶやくように言う。

「ひょっとすると、栄助が賊の手引きをしたのかもしれませんね」

「もし、そうなら栄助も賊の仲間ってことだ。急ぐぜ」

半兵衛は急ぎ足で木挽町の通りを歩き、三十間堀に架かる木挽橋を駆けるようにわたった。

「手代の栄助はいるか？」

大坂屋に飛び込むなり、半兵衛は帳場に座っている番頭に声をかけた。

「あ、はい」

番頭はいると言う。

「呼んでくれ。大事な話があるんだ」

「公太《こうた》、ちょいと栄助を捜して連れて来てくれるかい」

番頭は近くにいた小僧に声をかけてから、

「栄助に何かあるんでございましょうか……」

と、解《げ》せないという顔を半兵衛に向けた。

「大事な話だ。それは栄助に会ってから話してやる」

半兵衛が上がり口に座って、懐の煙草《たばこ》入れを出そうとしたとき、

「お呼びでしょうか」

と、土間奥から栄助があらわれた。色白のやさ男だ。ひと目で町方とわかる半兵衛を見て表情をかたくしている。

「おめえに大事なことを聞かなきゃならねえ。ゆっくり話のできるところはないか」

半兵衛は栄助と番頭を交互に見た。

番頭が、散らかっているが、裏の部屋を使ったらどうだと言う。

早速、半兵衛は帳場裏の小部屋で栄助と向かい合って座った。

「これからおれが言うことに正直に答えてもらいてェ。決して嘘や誤魔化《ごまか》しを口にするんじゃねえ。わかったな」

「あ、はい、でも何でしょうか？」

栄助は心許《こころもと》ない顔だ。

「隣に賊が入った晩のことだ。おめえは五つ過ぎに木挽町にいたな」

とたんに、栄助の顔色が悪くなった。体を硬直させもする。

「いましたが……」

「どこへ行っていた？」

「それは……」

栄助はうつむいて、両膝を強くつかんだ。

「それは、なんだ？」

「言えません」

「なんだと」

半兵衛は目を吊りあげて栄助をにらんだ。

六

「なぜ、言えねえ」

「……わけがあるんです」

「ほう、言えぬわけがあるとぬかすか、このおれに。だが、まあいいだろう。それでは隣の恵比寿屋の宗右衛門は知っているな」

「もちろん知っています。あんなことになって……」

栄助は歯切れが悪い。

半兵衛はうつむいている栄助を凝視しながら、どうやったら白状させられるかを忙しく考えた。

「宗右衛門とおめえはどんな仲だった？」

「どんな仲と言われましても、挨拶や世間話をする程度でした」

「深い付き合いはなかったってことか」

「そうですね」

「それじゃ、宗右衛門がどこに住んでいたかは知っているな」

「木挽町だというのは知っていましたが、詳しい場所は知りませんでした」

「だが、おめえはその場所を知った。そして、恵比寿屋に賊が入った晩に、宗右衛門の家を訪ねた。それも二度もだ」

はっと、栄助の顔があがった。

「わたしがなぜ、宗右衛門さんの家を……」

「何があったか知らねえが、おめえは宗右衛門の首を絞めて殺した」

「まさか……」

栄助は、みはった目と同じように口を開いた。

「宗右衛門が殺された頃、おめえが宗右衛門の長屋から出てくるのを見た者がいるんだ」

「お待ちください。まさか、わたしを疑っていらっしゃるんで……」

「正直なことを聞きてェだけだ。宗右衛門を殺したのは、恵比寿屋に入った賊の仕業が知れるのを遅らせるためだった。つまり、おめえは賊の仲間ということになるんだが……」

「ちょ、ちょっとお待ちください。わたしはなにもしていません。どうしてわたしが宗右衛門さんを殺さなきゃならないんです。賊の仲間だなんて、とんでもないことです」

「だが、おめえはあの晩、宗右衛門の家を訪ねている」

「訪ねていません。わたしは宗右衛門さんの家を知らないんです」

「だがよ、おめえが宗右衛門の長屋から出てくるのを見たやつがいるんだ」

「まさか、そんなことはありません。たしかにわたしはあの晩、木挽町に行きました」

「木挽町のどこに行った？」

栄助はうつむいて口を結んだ。

「宗右衛門の住む木挽町七丁目の徳三店に行ったんだ。おめえと宗右衛門は知らない仲じゃない。おそらく宗右衛門は何の疑いもなく、おめえを家のなかに入れただろう。宗右衛門は独り身だった。家のなかに邪魔をする者はいねえ。おめえは隙を見て、懐に隠し持っていた紐を使って宗右衛門の首を絞めた。大方《おおかた》そんなところだろう。しゃべりたくなけりゃ、しゃべらなくてもいいさ。詳しい話はあとでたっぷり聞かせてもらう。手を出せ」

半兵衛は懐から捕り縄を出した。

とたんに、栄助が慌てて顔を向けてきた。

「わたしが宗右衛門さんを殺したと思ってらっしゃるんですか。そんなことは、わたしは天地神明に誓ってしておりません」

「ならば、あの晩どこへ行っていた！」

「おきぬさん……」

「なに」

半兵衛は眉宇をひそめた。

「おきぬさんの家に行っていたんです。おきぬさんは亭主持ちなんですが……その、わたしと……」

「けっ、人の女房といい仲になっていたと、そういうわけか」

こくりと栄助はうなずく。半兵衛はそんな栄助を凝視して、

「そのおきぬの家はどこだ？」

「木挽町七丁目です。三浦《みうら》屋という海苔《のり》屋があります」

半兵衛は内心で舌打ちすると、すっくと立ちあがり、帳場横で待っていた甚兵衛を三浦屋に走らせた。

甚兵衛が戻ってくる間、半兵衛は三浦屋のおきぬとどういう仲で、どうやって知り合ったかを訊ねた。

栄助は口ごもりながらも、いい仲になるまでのことを端的に話した。

半兵衛は話を聞くうちに、あてが外れたという思いを強くした。しかし、ここで疑いを解くことはできない。

小半刻《こはんとき》（三十分）もせずに甚兵衛が戻ってきた。

「たしかに三浦屋という海苔屋はありました。それも徳三店の木戸口の横です」

報告を受ける半兵衛は落胆のため息をついて、

「それで、おきぬという女房もいたんだな」

「いやした。あの晩に栄助が訪ねたのもたしかなようです」

半兵衛はため息をつくしかなかった。

七

自身番の腰高障子が西日にあぶられて黄色っぽく見えるようになった頃、その日の調べを切りあげた伝次郎以下、久蔵、半兵衛、白川権八郎らは、連絡場にしている尾張町二丁目の自身番で顔を揃えた。

「賊の手掛かりをつかんだ者はいねえか？」

権八郎が口を開いてみんなの顔を眺める。

誰も返事をしない。

「では、おれの調べでわかったことを話しておこう」

権八郎は店番から茶を受け取ってつづけた。

「芝口二丁目の路地裏で殺された手代の佐平は、あの日、店が終わったあと、およねという許嫁だった女に会いに行っていた。およねの家を出たのは、五つ頃だった。死体の様子からすると、その帰りに殺されたと思われる。死体は空き地の隅に置かれ、ご丁寧に菰《こも》を被せてあった。そのせいで見つけられるのが翌朝になったのだろう。およねの家を出た佐平を見た者を捜したが、これがさっぱりだ。また、殺しの場を見た者もいねえ。およねと佐平の仲をやっかんでるやつもいねえ。およねの話だと、佐平は人に恨まれるような男ではなかったということだ。恵比寿屋の得意客もあたったが、同じことを言う。結句《けっく》、下手人につながるものは何も見つからなかった」

「わたしの調べで浮かんだ男がいます」

久蔵だった。全員、久蔵に視線を注いだ。

「番頭の清兵衛は、山城町《やましろちょう》にある松葉屋《まつばや》という小料理屋を贔屓にしていました。あの夜も、その店で酒を飲んでいたのがわかっていますが、その四、五日前に清兵衛を訪ねてきた男がいたんです。ここに恵比寿屋の番頭が来るだろうと、店の主に問いかけたそうで、主が毎晩のように見えますが、お知り合いですかと聞くと、恵比寿屋でそんな話を聞いたと答えています。話はそれだけですが、その男のことを店の女が覚えていました」

「そいつは何もんだ？」

権八郎である。

「浪人の風体《ふうてい》だったと言います。いま、店の女から話を聞いて人相書《にんそうがき》を作らせていますので、明日の朝にはみんなに配ることができます。名前も素性《すじょう》もわからないままですが、人相書を頼りに明日は聞き調べをやります」

「その男をしょっ引くことができりゃいいが……。ま、とにかく人相書が作れたのは、ひとつ駒を進めたことになる。半兵衛、おぬしはどうだ？」

問われた半兵衛は、その日、大坂屋の手代・栄助に嫌疑をかけて調べたことを話し、

「明日は少し聞き込みの範囲を広げてやります」

と、浮かない顔で結んだ。

「伝次郎、おぬしはどうだ？」

「わかったことがあります」

伝次郎は短い間を置き、尖り顎の権八郎を見つめてつづけた。

「賊がどこから店に入ったかの見当はつきましたが、そこからどうやって金を運んで逃げたかを考え、舟着場をあたっていきますと、木挽橋のたもとに見慣れない舟が着けられていたのがわかりました。小さめの荷足舟《にたりぶね》です。河岸場《かしば》ではたらく者や

舟主には、見慣れない舟があると、すぐ目につくものです」

「それは賊の舟だった。そういうことか？」

権八郎は白髪交じりの眉を動かして問う。

「そうだとはっきりは言えませんが、あやしいです。件《くだん》の昼頃に河岸場に着けられ、翌朝にはなかったといいます」

「それじゃ、賊は舟で逃げたってことか」

「かもしれません。船頭らの話から、その舟は船頭を入れて六人乗りほどの大きさです。つまり、賊は六人だったかもしれません。もっとも、舟に乗らなかった者もいたかもしれませんが、明日はその舟の行方を追ってみたいと思います」

「追えるか？」

「荷足舟は海には不向きですから、木挽橋から汐留橋へ向かったというのは考えにくいので、おそらく三十間堀を北へ向かい、八丁堀、あるいは楓川《もみじがわ》を辿ったはずです。途中にはいくつかの番屋がありますから、その舟を見た者がいると思われます」

「よし、明日は徹底してその聞き込みをやってくれ」

権八郎はそう指図したが、伝次郎はすでに条吉と与茂七、そして八兵衛に聞き込みをさせている最中であった。

「それからもうひとつ」

伝次郎が言葉をついだので、再び全員の目が向けられた。

「恵比寿屋に半年前に雇われ、三月前にやめたお貞という女中がいます。この女は加賀町の正造店に住んでいましたが、先月越しています。そして、越した先がわかりません」

「もしや、その女は……」

「賊の仲間だったかもしれません。松田さんの言う男の人相書が明日はできるようですが、そのお貞の人相書も明日にはできます」

「さすが伝次郎。手回しがよいな。これで調べにはずみがつきそうだ」

権八郎にしてはめずらしく伝次郎を褒めた。

「よし、厄介な判《はん》じ物《もの》になったが、必ずや賊を捜し出すのだ。明日はもう一度褌《ふんどし》を締め直してかかろう」

権八郎はそれでお開きだというように、茶に口をつけた。

そのときバタバタと足音を立てて、自身番に飛び込んできた者がいた。

与茂七だった。

「お貞の行方がわかりやした」

# 第四章　荷足舟

一

飛び込んできた与茂七の一言に、誰もが尻を浮かした。

「見つけたのか？」

伝次郎は真っ先に声をかけた。

「深川です。お貞が住んでいた加賀町の長屋に、千恵蔵《ちえぞう》という隠居がいるんですが、今日富岡八幡《とみがおかはちまん》に行った帰りに一ノ鳥居でばったり会ったと言うんです。声をかけたけど、避けるように歩き去ったと……」

「深川のどこにいるかはわからないんだな」

「へえ」

与茂七は声を落として答えた。

「伝次郎、そのお貞の人相書は明日できるのだったな」

白川権八郎だった。伝次郎はうなずいた。

「人相書を元にお貞を捜し出すんだ」

伝次郎は一度、松田久蔵と視線を合わせてから権八郎に顔を戻した。

「承知しました。木挽橋のたもとから消えた荷足舟の行方も追いましょう」

「そうしてくれ。探索は明日もある。よし、今日は引きあげだ」

権八郎がお開きを告げると、みんなはそれぞれに自身番を出た。

「伝次郎、まっすぐ帰るのか？」

自身番を出たところで久蔵が声をかけてきた。

「そのつもりですが、何か？」

「まだ夜は早い。たまには一献《いっこん》どうだ」

伝次郎は与茂七を見て、

「お付き合いしましょう」

と、答えてから与茂七を先に帰した。

伝次郎が久蔵と肩を並べて歩きはじめたとき、誰かの視線を感じた。振り返ると、近くに半兵衛が立っていた。無表情に見てきたが、軽く会釈をして背を向けた。

久蔵が連れて行ったのは、本材木町《ほんざいもくちょう》八丁目にある小料理屋だった。目の前は楓川で、すぐそばに八丁堀にわたる弾正橋がある。

すでに夜の帳《とばり》は下りており、店には数組の客があった。職人と勤番侍《きんばんざむらい》たちだ。伝次郎と久蔵は店の隅に腰を下ろして、酌をしあった。肴《さかな》は白魚《しらうお》の天ぷらと、薄切りにした蕪《かぶ》の酢漬けである。

「おまえとこうやって飲むのは久しぶりだ」

久蔵は二口ほど酒を飲んでから口を開いた。

「考えてみればそうですね。松田さんと酒を酌み交わしたのは、もうずいぶん昔です」

「そうさ。かれこれ六年はたつだろうか。おぬしが御番所を去る前のことだ。あの頃は酒井《さかい》彦九郎《ひこくろう》も中村直吉郎もいた」

久蔵は懐かしそうな目をして言う。

酒井彦九郎も中村直吉郎も、同じ定町廻り同心だった。伝次郎の先輩同心だ。

「いい人たちでした」

「いい人は先に逝《い》っちまう。それなのに、長生きする悪党がいる。理不尽《りふじん》なものだ」

「まったくです」

「此度の一件だが、容易《たやす》くはいかぬぞ。賊は周到《しゅうとう》だ。調べを進めるにつれ、その周到さがよくわかる」

「知恵者でしょうが、逃がすわけにはいきません」

伝次郎は白魚の天ぷらをつまんだ。いまが旬《しゅん》だからうまいのは当然だが、揚げ方が絶妙だ。塩の振り具合もいい。酒が進みそうだ。

「どこかに穴はあるはずだが、それがつかめぬ。お貞のことをどう思う？」

久蔵は盃《さかずき》を膝のうえに置き、じっと見てくる。整った面立ちは年輪を重ねたせいか、渋みがある。それに古参《こさん》同心としての貫禄も備わっている。

「まだわかりませんが、おれはあやしいと思います。恵比寿屋にいた時期、やめた時期、そして此度のことです。つながっている気がします」

「お貞を捕まえることができれば、賊の尻尾もつかめるかもしれぬ。引き込みだったかもしれぬからな」

引き込みとは、押し入る店に何らかの形で入り、間取りや使用人などのことを調べあげ、いざというときに店に誘導することを言う。

今回は店に残っていなかったが、もしお貞が賊の仲間だったなら店の一部始終を調べ尽くしていたはずだ。

「松田さんもそう思われますか。しかし、お貞が関係なかったときのことも考えなければなりません」

「もっともだ」

「番頭の清兵衛殺しはどうなのです？　何かあるのでは……」

伝次郎は久蔵をまっすぐ見る。

自分の調べを信用のおける同心仲間にも打ち明けないことがある。それは探索中の相手に知られないためだ。ついうっかり漏らす者がいるからだ。そうなると後《あと》の祭りとなる。

「探るな。此度は何もないのだ。あれば、おぬしにだけは教える。だが、清兵衛を探っていたような浪人のことがわかれば、大きな手掛かりになるだろう」

「人相書が決め手になるかもしれませんね」

「そうなってほしいものだ」

久蔵はそう言ったあとで、「ところで」と言葉をついだ。伝次郎が顔を向けると、

「白川さんと半兵衛には気をつけろ。白川さんはおぬしのことを快《こころよ》く思っていない。そして半兵衛は白川さんの言いなりだ。足をすくわれぬようにしろ」

おそらく久蔵はこのことを言いたかったのだろう。

「薄々そのことは感じています。しかしながら懸念《けねん》には及びません。おれはおれの仕事をやるだけです」

「おまえがそう言ってくれるなら安心だが、どうも気になっておったのだ」

「お心配《こころくば》り痛み入ります」

「まだ宵の口だ。もう少し飲むか。おぬしとの久しぶりの酒はうまい」

久蔵は頬をゆるめると、板場のそばに立っていた女中に酒の追加を言いつけた。

それからは互いの身内のことを話す程度で、三合の酒を飲んだところで盃を伏せ

た。

表に出ると、気持ちよい夜風が身を包んできた。

空には月が皓々と照っていた。

「伝次郎、いい酒だった」

「はい、今夜は嬉しい酒でした」

伝次郎が応じると、久蔵はうむとうなずき、そのまま背を向けて歩き去った。伝次郎は、その後ろ姿を短く見送ってから家路についた。

二

「お疲れではありませんか」

自宅に帰った伝次郎が楽な着流しに替えて居間に腰を下ろすと、千草がそばに来て言った。

「さほどでもないさ。どうだ、店のほうは？」

伝次郎は役目のことは口にせず、そう聞いた。

「着々と進んでいます。この分だと、月晦日《みそか》には店を出せそうです」

「そうか、それは楽しみだ」

「お酒つけますか？」

「いや、松田さんと軽く引っかけてきたので、もういらぬ。与茂七はどうした？」

「湯屋に行ってるんです。じきに戻ってくるでしょう」

「やつから何か話を聞いておらぬか？」

「いいえ、お役目のことは何も口にしません。こっちから聞くのも何ですから、聞かないのですけれど」

「さようか」

与茂七も少しずつわかってきたかと、伝次郎は感心する。

「お酒をおよしになるんでしたら、お茶を淹《い》れましょう」

「熱いやつを頼む。それから茶漬けを作ってくれ」

千草は承知しましたと、そのまま台所に立った。

「看板が明日できるのです。皿や徳利《とっくり》などの器も揃いましたし、あとは少し手を入れるだけです」

店のことを話す千草は、なんだか楽しそうだ。顔つきも以前のように生き生きしている。

そんな様子を見ると、もっと早く店をやらせてもよかったと伝次郎は思った。

「開店のときには忙しくなるかもしれないので、お幸《さち》ちゃんに手伝ってもらおうかと思っているんです」

「お幸……染物屋に嫁いだ、あのお幸か」

「そうです。今日、店の器を見に行ったら日本橋でばったり会ったんです。新しい店を出すんだと話したら、また手伝わせてくれと言うんです」

「あれは紺屋町《こんやちょう》に住んでいるのだろう。少し遠くはないか」

「平気だと言うんです。手伝ってくれるんだったら、早めに帰すつもりですけど……」

千草は漬物を刻みながら楽しそうに話す。

「そうか、それはいい助っ人だ。お幸なら客あしらいもうまいし、店のこともわかっているからな。しかし、子はできておらぬのか？」

「まだらしいですわ」

千草が茶を運んできたので、伝次郎は受け取って口をつけた。

「子供ができて男の子だったら、伝次郎の伝を取って伝助《でんすけ》、女の子だったらわたしから一字取ってお千代《ちよ》にすると言うんです」

千草は話しながらほっこり笑う。そんな笑顔を見るのも久しぶりである。いざとなれば姐御肌を見せる女だが、基本はあかるく前向きなのが千草だ。

「亭主とはうまくいっているのだろうな」

「あの様子ですと、うまくいっているはずです。そうでなかったら愚痴のひとつも聞かされたでしょうから」

血腥《ちなまぐさ》い事件を扱っている伝次郎にとって、こういったなんでもない会話はいっときの癒《い》やしになった。

茶漬けができたので、伝次郎は早速箸をつけた。その間に、与茂七がさっぱりした顔で湯屋から戻ってきた。

「あれ、旦那さん、お帰りでしたか」

「なんだ、帰ってきては悪いみたいではないか」

「いえ、松田さんとじっくり話し込んで飲んでいるんじゃないかと思ったんです。

先に湯に行ってしまい、すみませんでした」

「気にすることはない。明日も忙しくなるだろうから、早く休め」

「そう言われても、すぐに寝つけやしませんよ」

「与茂七、寝酒でもやりますか？」

千草に聞かれた与茂七は、とたんに相好《そうごう》を崩した。

「お言葉に甘えちゃおうかな。旦那さん、一杯ぐらいならいいでしょう」

「ああ、かまわぬ」

「さすが旦那さんは太っ腹」

与茂七は尻尾を振る犬のように、さも嬉しそうな顔で伝次郎の前に座った。

「与茂七、おれを呼ぶとき〝さん〟はいらぬ」

「あ、でも、それは……」

「旦那でいい。おまえもそっちのほうが楽だろう」

「へえ、それじゃそう呼ばせてもらいやす」

「与茂七、冷やでいいわね。湯上がりだから、そっちのほうがいいんじゃなくて」

千草が酒を運んできて言う。

「へえへえ、もう冷やで結構でござんす」

与茂七がおどけて言えば、

「まったく調子がいいんだから」

と、千草が首をすくめる。

三

翌朝、尾張町の自身番で簡単な打ち合わせをした伝次郎たちは、それぞれにお貞と名の知れぬ浪人の人相書を持っておのおの調べにかかった。

伝次郎は与茂七と八兵衛を深川に向かわせ、自分は粂吉といっしょに賊が使ったと思われる舟について調べをすることにした。

「三十間堀から楓川の越中《えっちゅう》橋までは聞き込みをすませていますが、賊の乗った舟を見たと言う者はいません。ひょっとすると、八丁堀川を下って大川に出たのかもしれません」

歩きながら粂吉が報告する。

「楓川を使っていれば、日本橋川に出る。その先で見られているかもしれぬ。とにかく越中橋の先からやろう」

伝次郎はそのまま河岸道を歩きつづける。

川沿いの柳が青々としていれば、町屋のところどころにある木々の若葉も、新緑の輝きを放っていた。

二人は本材木町四丁目の自身番と木戸番から聞き込みをはじめた。順繰《じゅんぐ》りに三丁目から一丁目まで聞き込んでいったが、期待に添う返事はもらえない。

楓川を挟んだ対岸にも町屋はあるので、そっちの聞き込みもやったが、自身番の者も木戸番の番太《ばんた》も不審な舟は見ていなかった。

「恵比寿屋を襲った賊が金を手に入れて店を出たのが、九つ（午前零時）をまわるかまわらない頃だったとすれば、夜廻りの番太に見られても不思議はないのだが……」

伝次郎は松幡《まつはた》橋の近くまで来て立ち止まった。そこは松屋町《まつやちょう》の自身番前だった。

「やっぱり八丁堀川を下ったのではないでしょうか」

粂吉が良くも悪くもない癖のない顔を向けてくる。

「そうだな、そっちをあたるか」

伝次郎は先に歩き出した。

八丁堀の両岸には二つの町屋がある。大川河口に向かって川の右岸は南八丁堀一丁目から五丁目、左岸には本八丁堀一丁目から五丁目だ。

伝次郎が左岸を、粂吉が右岸をあたることにした。

「小さめの荷足舟だ。おそらく舟提灯《ふなぢようちん》などはつけていなかっただろう」

伝次郎は本八丁堀一丁目の自身番で、詰めている書役《かきやく》を見ながら訊ねた。

「おそらく九つをまわったか、あるいはその前だったかもしれぬ」

言葉を添え足すと、書役は店番の若い男に目を向けた。

「その頃、夜廻りに出たのではなかったか」

「九つの鐘を聞いて出ましたが、舟は見ませんでしたね。それに堀川と反対の方向にまわりましたから……」

若い店番は心許ないことを言う。

「そうか、見ていないか。それじゃ、この男と女に見覚えはないだろうか」

その朝できた人相書を見せた。

書役と店番は人相書をのぞき込むが、二人とも首をかしげた。

伝次郎はつぎの自身番を訪ねる前に、河岸場に立ってあかるい日射しにきらめく堀川の水面に目を注いだ。

脳裏にこの堀をゆっくり進む荷足舟を描く。

おそらく舟は闇に溶け込んでいたはずだ。それでも、人が四人も五人も乗っていれば目につくはずだ。船頭は目立たないように座って櫓《ろ》を漕いでいたかもしれない。

（待てよ）

伝次郎は視線をあげて、堀川の下流に目を注ぐ。

賊は舟に乗ったとしても、隠れるように身を伏せていたかもしれない。もし、そうなら目につくのは舟を操る船頭だけだ。

しかし、夜の操船は容易くはない。あの晩はあかるい月が出ていたはずだが、提灯もつけずに舟を操るにはそれなりの経験がないとできないだろう。さらに波のある大川をわたったとすれば、素人には難しいはずだ。

（船頭か……）

賊のなかには操船に慣れた船頭がいたのかもしれない。

伝次郎はそこまで考えてかぶりを振った。

推量ならいくらでもできる。悪党は思いもよらぬ知恵をはたらかせるものだ。伝次郎にはこれまでそんな経験がある。

罪を犯す者は、普通では考えられない意表をつく行動をする。

(とにかく聞き込みだ)

伝次郎は自分に言い聞かせて、つぎの自身番に足を向けた。

しかし、結果ははかばかしくなかった。粂吉はどうだろうかと思い、稲荷橋に向かったとき、その橋を駆けてくる粂吉が見えた。

「旦那、旦那」

と、慌てた様子で粂吉が駆け寄ってきた。

「いかがした?」

「へえ、舟を見た者はいませんが、人相書です。お貞と、この野郎を知っている者がいたんです」

「なに」

「いえ、この野郎かどうかわかりませんが、似ている浪人が南八丁堀の長屋に住んでいたんです。そこへ、このお貞に似た女が度々出入りしていたと言うんです」

「それを知っているのは誰だ？」

「三丁目の木戸番です」

「会おう」

伝次郎はそのまま稲荷橋をわたって、南八丁堀の木戸番に会った。

「この男はたしかによく似ています。あっしの目に狂いがなけりゃ、こりゃあすぐそこの官兵衛店《かんべえだな》に住んでいた浪人ですよ。細身で頬が少しこけていて目つきの鋭い人なんで、話したことはありませんが、この人相書に似てる気がします」

木戸番は人相書と伝次郎に視線を往復させて言った。

「その官兵衛店は……」

「薪炭《しんたん》屋の先に木戸門があります。その長屋です」

伝次郎と条吉はすぐに官兵衛店に向かった。

長屋の住人に聞くと、やはり人相書を見てよく似ていると言う。

「熊沢卯之助《くまざわうのすけ》というんです。右の目尻のところに小さな黒子《ほくろ》があれば、熊沢さんに間違いありませんよ」

小太りの女房は自信ありげに言う。

「すると、このお貞という女も見たことがあるのだな」

「何度か見ていますよ。ちょいと色っぽかったし、若いじゃないですか。熊沢さんがどうやって生計《たつき》を立てていたのか知りませんが、隅に置けない人だねと噂していたんです」

おそらく、松葉屋という小料理屋で、番頭の清兵衛のことを訊ねたのは、熊沢だろう。

「旦那、こうなるとお貞はやっぱり仲間だったんですよ」

条吉が目の色を変えて言う。

「その熊沢は、この長屋にはもういないのだな」

伝次郎は女房に顔を戻して聞いた。

「ひと月ばかり前だったかしら、突然出て行ったんです。挨拶もなにもないから、侍面《さむらいづら》しているくせに礼儀も知らないんだと、みんな悪口を言ってます」

「どこに越したかもわからないというわけか……」

「大家さんも知らないと言っていましたからね」

口の軽い女房は少し不機嫌な顔になっていた。熊沢卯之助にいい印象を持っていないのだろう。

「粂吉、おまえは松田さんにこのことを知らせてこい」

伝次郎は表道に出るなり指図した。

「旦那は？」

「おれは深川に行く。お貞捜しだ」

「承知しました。それじゃ、あっしもあとで追いかけます」

四

舫《もや》いをほどき、羽織を脱いだ伝次郎は手際よく襷を掛けると、棹《さお》をつかんで片足を艫板《ともいた》にのせた。そのまま棹で岸壁を突くと、猪牙舟はすうっと穏やかな水の上を走った。

亀島橋のたもとから出た猪牙舟は、霊岸橋をくぐり日本橋川を下る。大川に出るといきなり水量が豊かになる。うねる波は生きた鯨《くじら》の背中のようだ。

伝次郎はゆっくり棹を操り、永代橋《えいたい》の下をくぐる。少し遡上《そじょう》しなければならないので、櫓に替える。ぎっしぎっしと櫓を漕ぐたびに音がする。

伝次郎の目は対岸の深川に向けられている。川面を照り返す光が、伝次郎の彫りの深い顔にあたる。

お貞、あるいは熊沢を押さえることができれば、そのまま賊を洗い出せるはずだ。だが、周到な計画を練って恵比寿屋を襲った賊のことであるから、ことはすんなり進まないかもしれない。

それでも、お貞と熊沢を捕縛するのは、目下最大の重要案件である。

猪牙舟を漕ぎつづける伝次郎の頭には、疑問があった。

まず、恵比寿屋で殺された者たちが、賊の侵入に誰も気づかなかったということだ。あの夜、恵比寿屋には二十七人が寝ていた。

生き残ったのは小僧の壮助のみだ。そんな数の者を抵抗もさせずに、短時間に殺《あや》めている。騒ぎ立てる者も、大きな悲鳴をあげる者もいなかった。

(三、四人なら納得もいくが、二十七人もいたのだ)

伝次郎は鷹の目になって胸中でつぶやく。

もうひとつの疑問は、番頭と二人の手代の死である。

賊の仕業と考えるのが順当だろうが、果たしてそうだろうか？

偶然、賊が押し入った晩に、別の理由で三人は殺されたのではないだろうか？

むろん、熊沢卯之助が賊の一味であるなら、番頭の清兵衛は口封じのために殺されたのだろうが、二人の手代についてはまだはっきりしたことは言えない。

そして、三つ目の疑問である。

賊はなぜ、恵比寿屋を狙ったのかということだ。

賊は恵比寿屋に遺恨《いこん》があったのか、それとも恵比寿屋の金蔵に魅力を感じたのか、あるいは偶然だったのか。

遺恨だとすれば、恵比寿屋の主・儀兵衛は何らかの揉め事を起こしていたはずだ。

しかし、これまでの聞き込みのかぎり、儀兵衛は人に恨まれるような人間ではなかったし、また儀兵衛や恵比寿屋に恨みを持つ人物も浮かんでいない。

（とにかく、お貞と熊沢を……）

伝次郎は疑問を振り払って櫓を漕ぐ腕に力を入れた。

そのとき、思い出したことがあった。壮助は店が襲われる前に、はす向かいにある米屋の庇の下に立っている浪人を何度か見ている。

(それが熊沢卯之助か……)

先に壮助に会うべきだったかと、軽く舌打ちしたが、それはあとでもよいと考え直す。

伝次郎は油堀《あぶらぼり》に入ると、下之橋《しものはし》のそばに猪牙舟を舫って河岸道にあがった。

深川は縦横に堀川が流れている。町屋の多くも堀に架かる橋で結ばれている。

伝次郎は河岸道を歩きながら、すれ違う者や店先に立っている者、あるいは食い物屋から出てきた男女に目を光らせた。

お貞、あるいは熊沢卯之助のどちらでもよいから見つけられないものか。しかし、似た男や女に出会うことはなかった。

深川黒江町《くろえちょう》を抜け、大きな通りに出る。深川の目抜き通り、馬場通りだ。流鏑馬《やぶさめ》が行われていたので、この通称ができたという。

伝次郎は一ノ鳥居のそばで立ち止まり、しばらく通りに目を凝らした。

お貞はこの近くで見られている。ということは、この近所に住んでいるか、この界隈に用があったのだろう。

そして、賊一味も深川、あるいはその近辺に潜伏している可能性がある。願わくは江戸を離れないでいてくれることだ。

伝次郎は馬場通りを流し歩いた。

二ノ鳥居を過ぎ、入舟町《いりふねちよう》の端まで行くと、そこで引き返した。八兵衛と与茂七がお貞の行方を追っているはずだが、出会うことはなかった。

伝次郎は二ノ鳥居そばにある自身番に立ち寄り、例の人相書を出して詰めている町役に見せた。

「これでしたら、もうもらっています」

若い店番が人相書を眺めてから、

「町方の旦那の手先仕事をしている人からもらっています」

と、言葉を足した。

「どんなやつだった？」

答える店番が口にした年恰好は与茂七だった。

おそらく八兵衛と手分けして、深川の自身番をまわっているのだろう。

その自身番をあとにして、永代寺門前町のなかほどまで来たとき、摩利支天横《まりしてんよこ》町《ちょう》からひょっこり与茂七があらわれた。与茂七は気づかず、通りの反対側に歩いて行く。

「与茂七」

声をかけると、すぐに振り返った。

「旦那……」

与茂七は「さん」付けをやめて伝次郎を見た。

「何かわかったか？」

与茂七は首を振る。

「お貞だが、この男とつるんでいるかもしれぬ」

伝次郎は熊沢卯之助の人相書を示して言った。

「ほんとうですか」

「こやつの名は熊沢卯之助だ。南八丁堀の裏店《うらだな》に住んでいたが、ひと月前に家移《やう》りしている。行き先はわからない。しかし、家を移る前にお貞が通ってきていたことがわかった」

「それじゃ、二人は賊の一味ってことじゃないですか……」

「おそらくそうだろう。八兵衛はどこだ？」

「どこにいるかわかりませんが、油堀の向こうの町屋をあたっているはずです」

「どこで待ち合わせることにしている？」

「永代橋の東詰です。昼前に一度、会うことにしています」

伝次郎は高く昇っている日を眺めた。

昼まであと半刻《はんとき》（一時間）はあるはずだ。

「よし、おれについてこい」

伝次郎はそのまま馬場通りをあとにした。町屋を縫うように歩き、富岡橋《とみおか》をわたり、仙台堀《せんだいぼり》に架かる海辺橋《うみべ》をわたる。

その間も伝次郎と与茂七は、周囲を行き交う男や女に目を光らせていた。

「旦那、どこへ行くんです？」

下総関宿藩《しもうさせきやど》下屋敷の長塀《ながべい》がつづく道まで来たとき、与茂七が声をかけてきた。

「世話になった人がいる。頼りになる男なので、相談に乗ってもらう。この調べは手掛かりが少ない分、人手がいる」

「いったい誰なんです」

ぐった。

伝次郎は小名木川沿《おなぎがわぞ》いの道に出ると、高橋《たかばし》のそばにある船宿「川政《かわまさ》」の暖簾《のれん》をく

「邪魔をする」

声をかけるなり、すぐ先の居間で煙草を喫《の》んでいた主の政五郎《まさごろう》が驚いたように目を見開き、やんわりと頬をゆるめた。

伝次郎が町奉行所を辞して、深川で船頭をはじめたとき、公私にわたって世話をしてくれた男だった。

「伝次郎、あ、いや沢村さん」

「政五郎さん、呼び捨てでいいと言ったではありませんか」

伝次郎は上がり口に座った。

店にいた船頭や女中がつぎつぎと伝次郎に声をかけてくる。伝次郎は気さくに応じたあとで、政五郎に真剣な顔を向けた。

「何かあったんだな」

政五郎は察しがいい。貫禄《かんろく》のある体を伝次郎に向け、羽織っていた河岸半纏《かしばんてん》を

さっと翻《ひるがえ》すようにして与茂七に目を向けた。

「使っている手先です」

与茂七と言います」

与茂七は畏《かしこ》まった様子で政五郎に挨拶をした。

「で、なんだい？」

伝次郎は恵比寿屋の一件を手短に話したあとで、懐から例の人相書を取り出して見せた。

「この二人は、賊の仲間と思われます。男の名は、書いてませんが熊沢卯之助。これも書いていませんが、右の目尻に小さな黒子があります」

政五郎は眺めていた人相書からゆっくり顔をあげた。

「二十九人を殺して、二千両を……」

「盗まれた金はもっと多いかもしれぬのですが、逃がしてはならない悪党です。それに、賊は荷足舟を使ったかもしれない。政五郎さんの手を是非借りたいのです」

そう言う伝次郎を政五郎は、じっとみつめた。正義感のある気骨《きこつ》ある顔に、苦《く》渋《じゅう》の色が浮かんでいる。口を引き結び、小さく首を振ると、

「こんな悪党は生かしておいちゃならねえ。わかった、早速うちの船頭らに話をして手伝わせる」

「恩に着ます。人相書が足りないだろうから、あとでこの男が届けます」

伝次郎は与茂七を見て言った。二人は持っていた人相書を一枚だけ残して、すべてを政五郎にわたした。

五

その頃、加納半兵衛は殺された宗右衛門の長屋引き払いに立ち会っていた。

宗右衛門が残した家財や衣類などを引き取りに来たのは、おかずという宗右衛門の妹だった。

おかずは神田明神下《みょうじんした》にある小間物屋の「中島《なかじま》」に嫁いでおり、二人の子供がいた。ときどき宗右衛門を訪ねて来ていたので、長屋の連中もおかずのことは知っていた。

「たまにこの家に来ていたそうだが、宗右衛門に変わったことはなかったかい？」

半兵衛は居間にあがって片づけをしているおかずに声をかける。

「十日ほど前にも来ましたけど、別に変わったことはありませんでした。いつものように帰り際に、子供に何か買ってやれと小遣いをくれまして……」

おかずは目の縁を赤くして、涙を堪《こら》えるために唇を引き結んだ。その間も、片づける手を休めなかった。

「誰かと揉めていたとか、恨まれているとか、そんな話も聞いていないってわけか。だが、逆に誰かを憎んでいたようなことはどうだい？」

半兵衛は血色のよい肌つやをしているおかずの横顔を見ながら問う。

「兄さんは生真面目《きまじめ》な人でしたから、そんなことはなかったはずです。わたしは早く嫁取りをしてもらいたかったので、ときどきそんな話を持ちかけましたが、いつも笑って聞き流されるだけでした」

「四十にもなって独り身だったってことは、いい女でもいたのかもしれねえが、そっちはどうかな？」

「それもなかったと思います」

「ふむ、そうかい」

これじゃ埒《らち》があかないと思う半兵衛は、戸口に立つ小者の幸三郎をちらりと見て、またおかずに視線を戻した。

そのとき、おかずが煙草入れを持って首をかしげていた。

「どうした？」

「はい、これです。兄さんは煙草を喫まない人でした。でも、こんなものが……」

おかずは手にしていた煙草入れを、半兵衛のそばに置いた。

それは朱塗りの竹の煙管筒《キセルづつ》に刻《きざ》みを入れる袋が鎖でつながっていた。袋は古びてはいるが金糸と銀糸を織り合わせたもので、根付《ねつけ》は赤い珊瑚《さんご》をまるくしてあった。

半兵衛は煙管を取り出して見た。銀煙管だ。雁首《がんくび》と吸い口の金属部分には、猫が彫り込んであった。

仔細《しさい》に見ていると、雁首に小さな名が彫り込まれていた。

隆次——。この煙管の作者にちがいない。

半兵衛は目を光らせた。

「宗右衛門は煙草を嗜《たしな》みはしなかったんだな」

「はい。煙草は体に合わないと言っていました。それでも客が来たときのために、煙草盆はこうやって置いてましたが……」

それは安物の煙草盆だった。使われた形跡はなく、盆の底には埃《ほこり》がたまっていた。

「幸三郎、ひとっ走りして、大坂屋へ行って壮助に、宗右衛門が煙草を喫んでいたかどうかを聞いてこい」

半兵衛は、片づけをつづけるおかずに、他に宗右衛門の持ち物ではなかったものはないかと訊《たず》ねた。

煙草入れの他にも何かあるかもしれない。それは、宗右衛門を殺した下手人が落としていったものかもしれない。

幸三郎は小半刻もせずに、息を切らして戻ってきた。

「旦那、壮助も宗右衛門は煙草は吸わなかったと言いました」

「こりゃあ、下手人のものかもしれねえ。それに、この煙管は使い込まれちゃいるが安物じゃない。幸三郎、京橋と日本橋界隈の煙管師をあたって、これを知らないか聞き込んでこい。虱《しらみ》潰しにあたるんだ」

半兵衛が力を込めて命じると、幸三郎は煙管と煙草入れを持って長屋を出て行った。

それからも半兵衛は、宗右衛門と付き合いのあった者や、親しかった者をおかずに聞いていった。しかし、おかずの知っている宗右衛門の交際相手は少なかった。

半兵衛はその名前を書き付けて懐にしまい、さらに気になることはなかったかと訊ねる。

「同じようなことを聞いて悪いが、これも下手人を捕まえるためだ。勘弁してくれ」

「承知しています」

おかずは殊勝《しゅしょう》にうなずき、考えるように視線を彷徨《さまよ》わせる。

「旦那、船頭のことがわかりやした」

そう言って戸口に立ったのは、小者の甚兵衛だった。

半兵衛はさっと、顔を振り向けた。

「昨夜、沢村の旦那が、賊は舟を用意していたんじゃねえかとおっしゃいましたね。聞き込みをしている途中で、木挽橋に行って荷足舟のことを、河岸人足に聞いてみたんです。すると知っているやつがいたんです。あの舟の船頭は、材木河岸で米問屋の荷受けをやっている男だと言うんです。恵比寿屋が襲われた日の暮れ頃、木挽橋の河岸場にやってきて、ちょいとここで仕事をするんだと言ったそうで……」

「その船頭の名は？」

「名前は知らないと言いやす」

半兵衛は短く思案した。それからおかずを見て、

「またおまえさんには訊ねることがあるかもしれねえ。そのときゃ、明神下の店を訪ねることにする」

「お世話になります」

おかずは両手をついて頭を下げた。

「甚兵衛、船頭を知っているという河岸人足を連れて材木河岸をあたる。その人足はどこだ？」

「木挽橋のそばで仕事しています」

半兵衛はすっくと立ちあがると、そのまま宗右衛門の長屋を出た。

木挽橋をわたろうとしたとき、反対側から白川権八郎がやってきた。

「いかがした」

「ちょいと気になることがわかったのです」

半兵衛は年長者には侍言葉を使うが、そうでない者には砕けた物言いをする。

「わしのほうはさっぱりだ。気になることとは？」

権八郎の顔には行き詰まっているという焦燥《しょうそう》感があった。

「賊が舟を使ったという話がありましたね。そのとき使われたかもしれない舟の船頭がわかったんです」

「なんと、それはお手柄である」

「それだけではありません。宗右衛門の長屋には下手人が落としていったものと思われる、煙草入れが残っていました」

半兵衛は銀煙管に彫り込まれていた名前と、宗右衛門が煙草を吸わなかったことを話した。

「半兵衛、ひょっとすると、これは大きな手掛かりになるかもしれねえ。よし、わしはおぬしの助をしよう。まずはわかったことから詰めていくのが筋だ」

半兵衛は余計なお世話だと思ったが、拒むことはできないので、

「白川さんが助をしてくだされば百人力です」

と、心にもないことを口にする。

件《くだん》の日の船頭を知っているという河岸人足にはすぐに会えた。孝助《こうすけ》という小柄な中年男で、卑屈《ひくつ》なほど腰が低かった。

「おまえはその船頭の名前を知らないが、顔は知っているんだな」

半兵衛に代わり権八郎が訊ねる。主導権をあっさり奪われた半兵衛は面白くない。

「知っていやす」

「では、案内しろ。これは取っておけ」

権八郎はこういったことをよく心得ているので、河岸人足に心付けをわたし、案内に立たせた。

しばらく行ったところで、権八郎が半兵衛に耳打ちしてきた。

「今夜また連絡場で今日のことを話し合うが、このこと、おぬしは黙っておれ。沢村に手柄などやることはないからな」

「それはもう……」

「あやつは言わば出戻りだ。そんなやつにいい顔をさせることはねえ。それに、これからは半兵衛、おめえたちが腕を揮《ふる》っていかなきゃならねえ。心してかかれ。わしはおぬしらを陰から助《すけ》るのが仕事だ」

「ありがたきお言葉……」

「この件はおまえが片をつけろ。そのためだったら、わしはいくらでも助をする」

権八郎はまかせておけと言わんばかりに、半兵衛の背中をたたいた。

「この河岸で仕事をしているはずです」

案内に立っている孝助という河岸人足が立ち止まって、半兵衛たちを振り返った。

そこは、本材木町四丁目の河岸だった。

六

「おかしいですね。出払っているのかな……」

孝助は河岸場に舫われている舟を一艘《そう》ずつたしかめたあとで、あたりに視線をめぐらしてから半兵衛と権八郎に顔を向けた。

「そいつの名前はわからねえのか？」

権八郎が問うと、孝助は荷下ろし作業をしている人足たちのところへ行き、しばらくして戻ってきた。

「わかりやした。船頭の名は三蔵《さんぞう》というそうです。住んでいる長屋も聞いてきましたが、ここ二、三日顔を見ていないと言います。舟もつけていないそうで……」

半兵衛は権八郎に顔を向け、

「とりあえず、三蔵の長屋に行ってみましょう」

と、誘った。

「うむ、そうするか」

三蔵の長屋はその河岸場からほどない岩倉町《いわくらちょう》にあった。奥まった裏店で、十軒ある家の約半分の住人が居職《いじょく》だった。

早速、聞き込みをかけてみると、

「三、四日前から家に帰っていないようです」

と、三蔵の隣に住む居職の指物師《さしものし》が言う。

「三蔵は独り者か？」

半兵衛が聞いた。

「若いときに女房をもらったらしいですが、すぐに別れたと聞いています。三蔵さんが何かしたんですか？」

指物師は好奇心の勝《まさ》った顔になって聞く。

「何をしたわけじゃねえが、聞きたいことがあるんだ。米問屋から仕事をもらっているると聞いてるが、その店を知らねえか？」

半兵衛は権八郎に対するときとは違い、砕け口調で聞く。

「四丁目の伊賀《いが》屋さんですよ」

「本材木町四丁目だな」

「さいです」

「ついでに聞くが、こういう男と女を見たことはねえか」

半兵衛は例の人相書を見せた。

指物師はためつすがめつ人相書を眺めたが、知らないと答え、いったい何があったのだと聞いてきた。

「尾張町の大店に入った賊を捜しているだけだ」

半兵衛は余計なことは口にせず、仕事の邪魔をしたと言って長屋をあとにした。

「白川さん、妙ですね。家には三、四日前から帰っていないと言いますし、河岸場にも姿を見せていません。恵比寿屋が襲われた日から、姿を消しているように思いませんか……」

「おぬしもそう思うか」

権八郎も同じことを感じ取ったようだ。

「とにかく米問屋をあたってみましょう」

半兵衛と権八郎は来た道を引き返した。半兵衛には甚兵衛が、権八郎には忠次《ちゅうじ》という小者がついている。狭い道を二人の同心と手先が歩いているので、すれ違う者や商家の前に立っている者が、何事だという顔を向けてくる。

「三蔵がもし賊だったら、長屋には仲間が顔を出しているはずです。ただ、船頭で雇われただけなら、生きていないかもしれませんよ」

「あっちゃならねえことだが、残虐《ざんぎゃく》な盗賊だ……」

権八郎はしわ深い顔に苦渋の色を浮かべ、唇を引き結んだ。半兵衛は立ち止まると、甚兵衛を振り返った。

「もう一度、いまの長屋に行って聞き込みをしてこい。三蔵と付き合いのあった者と、三蔵を訪ねてきた者がいたかどうか調べるんだ」

「へい、承知。それでどこで旦那と落ち合えばいいんですか」

「手間がかかるようだったら日が暮れに連絡場に来い。その前にわかったら、本材木町四丁目の伊賀屋にいる。行け」

甚兵衛が駆け去ると、半兵衛たちはそのまま伊賀屋に向かった。

伊賀屋は楓川に架かる越中橋のそばにあった。間口四間（約七・三メートル）の米問屋だ。大八車が店先に置かれ、車力《しゃりき》たちが地面に座って煙草を喫んでいた。

「たしかに三蔵さんはうちで雇っています」

半兵衛の問いに、伊賀屋の番頭は目をしばたたきながら答えた。

「しばらく仕事に出ていないような話を聞いたが……」

「そうなのです。昨日も荷受けがあったんで取りに行ってもらおうと思っていたんですが、来てくれないんです。真面目な船頭で、毎朝決まったように店に顔を出す人なんですが、ここ数日姿がないんで、どうしたんだろうと話していたんですが、三蔵さんに何か悪いことでも……」

番頭は半兵衛と権八郎を交互に眺めた。

「三蔵はこの店の仕事だけを請けていたのか？」

「いえ、二軒先の寺本《てらもと》屋という明樽《あきだる》問屋の仕事も請けていました」

「そっちにも顔は出していねえのかな？」

半兵衛が独り言のように言うと、

「さあ、それは寺本屋さんに聞いてみないとわかりません」

と、番頭は答えた。

「白川さん、寺本屋に行ってきます。この隣の茶屋で待っていてください」

「ならば、そこの河岸場で聞き込みをしておこう」

権八郎が答えると、半兵衛は寺本屋に足を向けた。

寺本屋での聞き込みも同じだった。やはり三蔵はここ数日顔を見せていないという。

半兵衛は権八郎の待つ茶屋に向かいながら、三蔵は船頭として利用され、そのあと口封じのために殺されたのではないかと推量した。極悪な賊のことだから、否定はできない。

（それにしても、こうも手掛かりがねえとは……）

探索に苦労している半兵衛は、伝次郎や松田久蔵は何かつかんだだろうかと、頭の隅で気にかけた。

「どうだった？」

茶屋に引き返すなり、床几に座っていた権八郎が声をかけてきた。

半兵衛は首を振った。

「わしの聞き調べも同じだ。三蔵のことはわからねえ」

「もう少し調べを進めなければなりませんが、宗右衛門の長屋に残されていた銀煙管が頼みです」

半兵衛は権八郎の隣に腰を下ろすなり、小さく嘆息した。

「そのことだが……」

半兵衛は権八郎に顔を向けた。

「銀煙管のことは少し伏せておけ。三蔵のこともだ」

権八郎が低声《こごえ》で言い含める顔をした。

「松田と沢村の調べがどうなっているか知らねえが、やつらにいい顔をさせたくねえ。わかったな」

半兵衛はうなずいた。

七

お城にあたっていた西日が薄れ、通りを歩く人の影も薄くなった頃、伝次郎と松田久蔵はいっしょに尾張町の自身番に戻った。

すでに半兵衛と権八郎は座って茶を飲んでいた。

「ご苦労だった。何か手掛かりはあったか？」

入ってきた二人を見て、権八郎が声をかけてきた。

「らしきものはありましたが、それから先には進んでいません」

久蔵が答えながら畳にあがった。伝次郎もあとにつづく。

自身番のなかには行灯が点《とも》され、書役の使う文机の横にある燭台《しょくだい》も点されていた。ひとりの店番が伝次郎と久蔵に茶を淹れて差し出す。

「らしきものがあったと言ったが……」

権八郎が問うと、久蔵が伝次郎に向き、おまえが報告しろと目顔でうながした。

「では、わかったことを順繰《じゅんぐ》りに話しましょう」

伝次郎はそう前置きして、人相書の男は熊沢卯之助といい、南八丁堀の官兵衛店の住人だったが、ひと月前に越していると話した。

「引っ越し先は？」

半兵衛が聞いてきた。

「それはわかっていません。しかし、その熊沢の長屋にお貞が出入りしていたことがわかりました」

「熊沢は番頭の清兵衛を追っていた節《ふし》があるな。するってェと、お貞と熊沢はつるんでいた。もっと言えば賊の一味ということじゃねえか」

権八郎が膝前に置いた二枚の人相書を見て言う。

「そう考えてもおかしくはないでしょう。それから、お貞を深川で見た者がいます。そのことがわかったので、早速深川で聞き調べをやりましたが、いまのところ二人の居所はわかっていません。今日はその調べで終わったようなものです」

「さようか。松田、おぬしは？」

権八郎は久蔵に顔を向けた。

「わたしのほうは手掛かりなしです。番頭の清兵衛殺しを見た者は浮かんでこないし、女房のおたねから何か引き出せるのではと思いましたが、おたねは亭主が殺されたことについて何の心あたりもないと言います。聞き調べを進めても、手掛かりらしきものを見つけられません。そんなとき、伝次郎から知らせを受けて、深川で聞き込みをやりましたが……」

「沢村の手伝いをしたが、何もなかったというわけか」

「さようです。白川さんのほうは？」

「わしのほうもお手あげだ。半兵衛から今日の話を聞いたが、何もなしだ」

伝次郎はうつむいた半兵衛を見て、眉宇をひそめた。

「こうなると、的を絞って調べたほうがいいのではないかと思うのですが……」

久蔵が権八郎に進言した。

「どういうことだ？」

「人相書があります。そして、お貞は深川で見られています。手分けしての探索も一理あると思いますが、ここはお貞捜しを急いだらどうかと考えるのですが……」

権八郎は腕を組んで短く目をつむり、

「たしかに松田の考えも悪くない。だが、明日一日様子を見たらどうだろう。お貞と熊沢卯之助を賊の一味と見ることに異論はないが、まだ調べ足りないことや、見過ごしていることがあるかもしれない」

「たしかに……」

「半兵衛、何かあるか？」

権八郎は半兵衛に問うた。

「いいえ。明日も今日の調べを進めてみるだけでいいと思います」

「松田、沢村。半兵衛もそう言っている。明日一日様子を見たらどうだ」

「承知しました。ですが、わたしは伝次郎の助をしようと思います。なにせ清兵衛殺しが行き詰まっているので……」

そう言う久蔵を権八郎は短く眺めてから、

「いいだろう。いずれにしろ賊の尻尾を早くつかまえるのが先だ。番頭殺しも、賊を押さえさえすればわかるだろうからな。では、そういうことだ。明日の朝は、ここに集まらなくてもいいだろう。探索がどうなったかは、明日の夕刻、ここで聞くことにする」

その日の寄合いはお開きとなった。

伝次郎たちが自身番を出ると、表で待っていたそれぞれの小者たちが立ちあがったり、体を向けてきた。

「松田さん」

表に出るなり伝次郎は久蔵に声をかけた。

「八兵衛は返します。明日も深川で聞き込みですが、わたしには粂吉と与茂七がいますので……」

「おまえがそう言うなら、それでいいだろう。どうせ同じ聞き込みをするのだからな」

「とにかく賊が江戸を離れていないことを願うばかりです」

「まったくだ」

「では、また明日」

伝次郎は小腰《こごし》を折って久蔵らと別れ、猪牙舟を舫っている木挽橋に戻った。粂吉は歩いて帰るというので、その場で別れ、猪牙舟に与茂七を乗せる。

伝次郎は舫いをほどいて棹をつかんだが、すぐには舟を出そうとしなかった。月を映す三十間堀はとろっと油を流したように光っている。

「旦那、どうしたんです？」

「賊はここに荷足舟を置いていた。深川に逃げたとすれば、やはり見た者がいるかもしれぬ」

伝次郎は闇のなかに視線を投げる。

「ここから大川に出るには楓川から日本橋川を下るか、真福寺《しんぷくじ》橋をくぐったところで八丁堀を下るか、その二つの経路しかない。九つを過ぎていたとしても、誰かが見ていてもおかしくはないはずなんだが……」

伝次郎は棹で岸壁を突いた。猪牙舟はミズスマシのように川面をすべった。舟提灯のあかりが、舳のかき分ける波を浮かびあがらせる。

「旦那、恵比寿屋は御番所に近いですよね」

しばらく行ったところで、与茂七が声をかけてくる。

「うむ」

「あの晩、殺しが四つあったんですね」

「おぞましいことだ」

「でも、御番所でも騒ぎがあったんでしたね」

「あったな」

伝次郎は軽く答えてから川底を棹で突いたが、すぐに「待てよ」と与茂七に顔を向けた。

「与茂七、そうだ。あの騒ぎ……」

伝次郎は北紺屋町の料理屋で暴れ、町奉行所に引っ立てられたあと人質を取って騒ぎを起こした松井助三郎という浪人のことを思い出した。

「もしや……」

伝次郎は深い闇の一点を凝視した。

# 第五章　尾行の果て

## 一

伝次郎は翌朝早く家を出た。与茂七はそのまま深川に向かわせ、昨日に引きつづきお貞と熊沢捜しをするよう言いつけた。

伝次郎が向かうのは南町奉行所だ。まだ、五つ前なので奉行の筒井が登城するまでには、少し時間がある。

筒井が町奉行所を出る前にどうしても会わなければならない。

自然、伝次郎の足は速くなる。職人や天秤棒を担いだ行商人とすれ違う。商家は大戸を開けて開店の支度をしている。小僧が店先を掃《は》いていれば、近所の者が互いに朝の挨拶をしている。

伝次郎にはそんな朝の光景など目に入らない。昨夜はなかなか寝つけずに、あれこれと推量を重ねていた。

与茂七は、件の夜に殺しが四つあったが、

――御番所でも騒ぎがあったんでしたね。

と言った。

与茂七のその一言が、ずっと頭に引っかかっていたのだ。

数寄屋《すきや》橋を駆けるようにわたると、そのまま南町奉行所の表門をくぐり抜け、庭をまわり込み、内玄関に飛び込むように入った。

「沢村伝次郎だ。お奉行に会いたい。急ぎ取り次いでくれ」

内玄関に詰めている中番に告げると、額の汗をぬぐい、しばらくその場で待った。

毎朝、奉行の筒井は登城するが、その時刻は四つ（午前十時）である。奉行所を出るのは、五つ半（午前九時）頃だから、いまは食事を取っているか髪を結っている時間だろう。

そんなことを勝手に考えていると、取り次ぎに行った者が戻ってきた。奥門から入った座敷で待つようにと、筒井の言付けを口にした。

伝次郎は内玄関を出て、奥門を入り、玄関に入った。中間が待っており、すぐ奥の座敷で待つようにと案内をする。

その座敷は玄関の脇にあった。伝次郎は下座に座ると、大きく息を吸って吐き出し、心を落ち着かせ、昨夜から考えていることを頭のなかで整理した。

しばらくして廊下側の障子が開き、奉行の筒井政憲が入ってきた。頭を下げていると、

「面《おもて》をあげよ。何やら急ぎのようだが……」

と、筒井が目尻にしわを寄せてまっすぐ見てくる。登城時は麻裃《あさがみしも》姿だが、いまは楽な着流しだった。

「はっ。お奉行もお気になさっているとは思いますが、例の恵比寿屋の一件でございます」

筒井の顔が少し厳しくなった。伝次郎はつづける。

「探索は必死に行っておりますが、気になっていることがあります。それは恵比寿屋に賊が入ったときのことです。あの夜、この役所に引っ立てられてきた松井助三

郎なる浪人が狼藉《ろうぜき》をはたらき、騒ぎを起こした一件がございましたね」

「あの者が恵比寿屋に関わっているとでも申すか」

「これはわたしの推量でございますが、賊は恵比寿屋に押し入る前に、番頭と二人の手代を殺《あや》めています。それは賊の仕業が表に知れるのを、遅らせるためだったのではないかと思います。恵比寿屋はこの役所にも近ければ、与力・同心の組屋敷のある八丁堀にも近うございます。賊は事件発覚を極力遅らせる算段をつけています。そこで、当役所であの晩狼藉を起こした浪人・松井助三郎も、ひと役買っていたのではないかと推察いたしています。それは与力・同心の耳目を逸《そ》らすためだったのではないかと考えたからです。あの晩、騒ぎの知らせを受けて、この役所に駆けつけてきた与力と同心は少なくありませんでした」

「賊は恵比寿屋襲撃を容易にするために、取締方の注意をこの役所に向けておいたと、さように考えるわけであるか。ふむ」

筒井は短く視線を泳がせ、すぐに伝次郎にその目を向けた。

「なるほど、さもありなん。すると、そちはあの浪人を調べたいということであるか」

「いいえ、もしわたしの推量があたっていれば、松井助三郎はいずれ賊と落ち合うはずです。お奉行」

伝次郎は迫るようにひと膝詰めてつづけた。

「松井助三郎は、いまだ牢に留め置かれているのでしょうか。それとも裁きは終わっているのでしょうか？」

「まだ裁いてはおらぬ。吟味方が調べをまとめているところだ」

「松井助三郎を放免《ほうめん》していただけませぬか」

「なに……」

筒井は眉間《みけん》にしわを彫った。

「ひそかに尾行しようと考えているのでございます。むろん、無罪放免というわけにはまいらぬでしょうが……」

「相応の咎を与え、松井が自由に歩けるようにしろと、さような考えであるか。なるほど。しかし、沢村。もし、松井が賊の一味だとしたら、訊問をして口を割らせたらいかがだ。そちらのほうが無難ではないか」

「そのことも考えました。しかし、拷問《ごうもん》をかけて白状させるには、それなりの手間がかかります。強情にも口を割らなかったら、いたずらに手を焼くだけです」

「なるほど」

筒井は短く沈黙してから口を開いた。

「相わかった。下城した後、ただちに松井助三郎の裁きをいたす」

「恐れ入ります」

伝次郎は深々と頭を下げた。

南町奉行所をあとにしたのはすぐである。伝次郎はまっすぐ自分の猪牙舟をつないでいる亀島橋の河岸場に急いだ。

日はまだ高い位置にあるが、河岸場にある漁師舟のほとんどは出払っていた。ここには船大工も多く住んでおり、そのために船のこしらえを解くことから「解屋河岸《ときやがし》」とも呼ばれている。いまも船大工たちが仕事をはじめたところだった。

猪牙舟に乗り込んだ伝次郎は、今日の夕刻には松井助三郎の尾行を開始しようと思い決め、そのまま棹をつかんで雁木《がんぎ》を突いた。

夕刻まではお貞と熊沢卯之助捜しである。

二

お貞と熊沢卯之助捜しは、伝次郎と松田久蔵、そして粂吉と与茂七、さらには久蔵の手先である八兵衛と貫太郎の六人で行われた。

さらに久蔵は、町の岡っ引き、そしてその下っ引きも動員している。伝次郎は政五郎に雇われている船頭らに手配りをしている。

伝次郎は仙台堀以南を、久蔵は仙台堀の北から小名木川までの町域に目を光らせた。

すでに日は高く昇っており、町屋のうえには楽しそうに戯《たわむ》れている鳶《とび》の姿が見られた。ときどき鶯の声に交じって目白のさえずりも聞こえてくる。

事件のことばかり考えているので、そんな鳥の声にも人の目を楽しませる若葉を茂らせる樹木や可憐《かれん》な花にも目が行かなかった。

町奉行所から深川に入った伝次郎は、大川から油堀に入ったすぐの下之橋そばに猪牙舟を舫っていた。

そして、いま深川佐賀町にある中之橋《なかのはし》そばの、茶屋の床几に座っていた。近くにはかつて伝次郎に仕えていた音松《おとまつ》が営んでいた油屋がある。音松は凶刃《きょうじん》に倒れ、無念の死を遂げたが、気丈《きじょう》な女房のお万《まん》が店を切りまわしている。

伝次郎はお万に顔を見せるべきかどうかを思案したが、いまは心に余裕がない。頭が難解な判じ物でいっぱいなので、悩ましげで浮かない顔をしているだろう。そんな顔を見せてもお万は喜ばない。

(音松の供養もしなければならぬな)

通りを行き交う人に注意の目を向けながら、そんなことを思った。この一件が片づいたら墓参りに行こうと心に決める。

半刻ほどそこで粘ったが、お貞も熊沢も見つけることはできなかった。

伝次郎はゆっくり堀沿いの道を辿り、今川町《いまがわちょう》から万年町《まんねんちょう》までを流し歩き、油堀に架かる富岡橋の手前で足を止めた。

数本の柳が川岸にあり、そのそばに身を寄せ、対岸の通りや橋を行き交う人に鷹のような目を向ける。

商いに忙しい商家の店先で立ち話をしている町人がいる。行商人が、二人の僧侶とすれ違って橋をわたってくる。

賊は変装をしているかもしれない。お貞も熊沢卯之助も、顔が見えない工夫をしているかもしれない。御高祖《おこそ》頭巾や姉さん被《かぶ》りをした女、深編笠《ふかあみがさ》を被った侍にはとくに注意の目を凝らした。

四つ（午前十時）を知らせる永代寺《えいたいじ》の鐘の音が空をわたったとき、伝次郎は門前《もんぜん》仲町《なかちょう》から馬場通りに出た。

必死の探索をしているだろう粂吉にも与茂七にも会わない。

（政五郎さんのほうはどうだろうか……）

ちらりと頭の隅で考える。

そのまま馬場通りを東に向かった。この通りは行き交う人の数が多い。人だけでなく大八車や荷馬車も少なくない。路地から出てくる子供がいれば、使いに出た商家の小僧が駆けてもいる。

「沢村の旦那」

声をかけられたのは、二ノ鳥居そばだった。久蔵の小者・貫太郎だった。急いできたらしく息を切らしながら近づいてくる。

「どうした？」

「へえ、船頭の死体が見つかりました」

丸太のような体をしている貫太郎は、額の汗をぬぐって言った。

「まさか、賊の仲間では……」

「それはわかりませんが、おそらくそうじゃねえかと……荷足舟も近くに繋《つな》いでありましたから……」

「どこだ？」

「遺骸《おろく》は東平野町《ひがしひらのちょう》の番屋に引きあげてあります」

「亀久橋《かめひさ》の近くだな」

「へえ。あっしは身許をたしかめるために、舟問屋をあたってきます」

舟問屋は積荷の運送、集荷を行っている。その作業に多く使われるのが荷足舟だ。

「松田さんは東平野町の番屋なんだな」

「へえ、ではあっしは行きますんで」

貫太郎はそのまま駆け去って行った。死体の身許が判明すれば、賊の尻尾をつかめるかもしれない。

伝次郎は急ぎ足になって東平野町の自身番に向かった。その間にも行き交う人の顔に注意の目を向けた。

しかし、お貞と熊沢卯之助らしき男女に出会うことはなかった。

亀久橋をわたった先に自身番はあった。伝次郎が飛び込むと、土間に立っていた久蔵が顔を振り向けてきた。

「貫太郎から聞きました」

伝次郎が言うと、

「死体を見るか」

と、言って久蔵が自身番の裏に案内した。かけてある筵《むしろ》を剝ぐと、死体が露《あら》わになった。皮膚はふやけ髷が解《ほど》けていた。

「足に重《おも》しをつけて沈められていた。背中に刺し傷があるが、その傷もふやけている。殺されて三、四日はたっているはずだ」

長い経験でおおよそのことはわかるのだ。

「どこに沈められていたんです？」

「この先の材木置き場のそばだ」

伝次郎はそこからは見えないが、木場のほうに顔を向けた。

「舟があったらしいですが……」

「そこの橋の下に繋いである。荷足舟だ」

「賊の仲間でしょうか？」

「わからぬが、おそらくそうだろう。とにかく身許を調べるのを急ぎたい」

伝次郎は死体に筵をかけ直した。

「お貞と熊沢は見つかりませんか？」

「見つからぬ。そう聞くというのは、おぬしのほうも見つかっておらぬのだな」

「それらしき影も見ません」

伝次郎はやるせなさそうに首を振った。

三

その頃、半兵衛のもとに小者の幸三郎が新たな知らせを運んできた。

「なに、煙管師が見つかった」

「煙管に彫られていた〝隆次〟というのは、おれ以外に彫る職人はいないと言うんです」

「そやつはどこだ？」

「音羽町《おとわちょう》で仕事をしている次兵衛《じへえ》という職人です」

「話は聞いたか？」

「自分の煙管を買った客のことはだいたい覚えていると言います。それも、煙管には同じ彫り物はしないかららしいです」

「話を聞こう」

半兵衛は幸三郎を案内に立たせ、次兵衛という煙管師の仕事場を訪ねた。

本材木町二丁目から少し西に入ったところが音羽町で、次兵衛という煙管師は、狭い通りに面した店を仕事場にしていた。

「こりゃあ、間違ェねえです。あっしが造った煙管です」

次兵衛は半兵衛に見せられた煙管をひと眺めしたあとで、断言した。

「これを買った客のことを覚えていねえか？」

「覚えていますよ」

次兵衛はあっさり答えた。半白髪の禿げ頭を短くかいてつづける。

「一年ばかり前でしたかね。女連れのお侍が来ましてね。お侍と言っても旦那のようにしゃきっとしているんじゃなく、浪人という身なりでしたね。いい煙管を探しているが、ないかと言われたんでいくつか見せたんです。すると、猫の彫り物が気に入ったと連れの女の方がおっしゃるんで、それじゃそれをくれと言われ買っていただきやした」

「その浪人の顔を覚えていないか？」

半兵衛は内心で、賊につながる大きな手掛かりをつかめたという手応えを感じていた。

「顔ですか……もうずいぶんたちますからね。でも、よくしゃべる人でした。あっしのことを腕のいい彫り師だと褒めてくれたり、日本橋界隈ではこの店が一番だろう、来た甲斐《かい》があったなんてね。それで連れの女の方が、この人はこう見えてもさる道場の師範代を務めているんですとか、自慢していました。美人てほどじゃないけど、妙に色っぽい女なんで覚えているんです」

「どんな女だった？　まさかこの女ではなかろうな」

半兵衛はお貞と熊沢の人相書を出して見せた。

とたん、次兵衛の目が見開かれた。

「この女……そっくりですよ」

次兵衛は言葉を切って断言し、この人は何をしたんですと、真顔を半兵衛に向ける。

「男のほうはこいつじゃなかったか？」

次兵衛はもう一度、人相書を見たが、違う気がすると言った。

「丈夫そうな体つきで、目つきが鋭かったので、さすが師範代だけあると感心したのは覚えています」

「どこの道場の師範代かは聞いておらぬか？」

「それは、どうだったでしょう。聞いたような聞いていないような。二、三日前だったら覚えていると思いますが……」

半兵衛は手許の煙管に視線を落とした。どうしてもこの持ち主を突き止めたい。

「その後、その二人を見たことはないか？」

この問いに次兵衛はすぐに答えた。

「見ました。万町《よろずちょう》に摂津《せっつ》屋という居酒屋がありますが、そこに二度ばかり入っていくのを見かけました。巽《たつみ》屋という飛脚宿《ひきゃくやど》の二軒隣ですよ」

半兵衛はかっと目を光らせた。

次兵衛の店を出たのはすぐだ。「旦那」と幸三郎が顔を輝かせて見てくる。

「お貞は熊沢卯之助の家に出入りをしていた。そして、この煙管の持ち主とも仲がよかった。お貞は賊の連絡役だったのかもしれねえ」

「大いに考えられることです」

「だが、腑《ふ》に落ちねえことがある」

半兵衛は万町に向かっていたが、突然足を止めた。

幸三郎がどうしたんですという顔を向けてくる。「ひょっとこ」という渾名《あだな》があるが、間抜け面に見える。

「この煙管があったのは宗右衛門の家だ。その宗右衛門を二度訪ねた男が見られているが、店者のようだったという証言がある。侍ではなかった。次兵衛が言う浪人ふうの男は道場の師範代をやっていたという。宗右衛門の家を訪ねたのは、別の男なのか」

「でも、煙管の持ち主は……」

半兵衛は短く考えた。

お貞と煙管を買った浪人は、煙管を宗右衛門殺しの下手人に与えたのかもしれない。そう考えれば辻褄《つじつま》が合う。

「とにかく摂津屋で話を聞こう」

万町は通一丁目北から本材木町一丁目へ抜ける通りにある。通町からすぐ入ったところが飛脚宿の巽屋で、摂津屋はたしかに二軒隣にあった。間口一間の小さな店だ。夜商いだろうから店は開いていないと思ったが、表戸が開け放してあった。

「邪魔をする」

半兵衛が断って店に入ると、板場で仕事をしていた男が顔を向けてきた。半兵衛はひと目で町方とわかるから、男の顔が少しこわばった。

「なんでしょう」

この店の主かと問い返すと、そうだと答えた。

「つかぬことを訊ねるが、この女はお貞というが、ときどき浪人とこの店に来ていやしないか。何でもどこぞの道場の師範代らしいが……」

半兵衛はお貞の人相書をわたして訊ねた。

「この人はお貞さんですね」

主は一度半兵衛に顔を向け、もう一度人相書を見てから、

「ときどきお貞さんが連れて見えたのは、長十郎《ちょうじゅうろう》さまとおっしゃる方です。お貞さんが、長十郎さま、長十郎さまとおっしゃっていたので、そのはずです」

「姓は？」

「添田《そえだ》です。何かあったんですか？」

摂津屋の主は目をまるくして見てくる。

「繰り返すが、男の名は添田長十郎だな」

「へえ、そう聞いています。このところ見えませんが……」

「いつから来ていない？」

「三月《みつき》にもなりますでしょうか、いっときは日を置かず見えることもあったんですがね」

「いい話を聞いた。邪魔をした」

半兵衛はやっと賊の手掛かりがつかめたと、胸を躍らせていた。

「幸三郎、道場をあたるんだ。お貞と長十郎は三月前までこの辺をうろついていただろうから、日本橋界隈の道場を虱潰《しらみつぶ》しにあたれ。甚兵衛はどこにいる？」

「まだ他の煙管師をあたっていると思いますが……」

「よし、おまえは先に道場をあたれ。おれは甚兵衛を捜してから道場調べをする。わかったら、尾張町の番屋で待つんだ」

四

吉太郎《きちたろう》という舟問屋平松屋の手代が久蔵の小者・貫太郎に連れられて、東平野町の自身番にやってきたのは、正午前だった。貫太郎は日本橋界隈に舟問屋はそう多くないので、手近な店に声をかけてきたと言った。

待ちきれない思いで待っていた伝次郎と久蔵は、そのまま自身番裏で吉太郎を死体と対面させた。

吉太郎はひと目見るなり、片手で口を塞ぎ目をみはった。

「どうだ？」

久蔵が吉太郎を見る。

「以前、うちで雇っていた三蔵さんです。どうしてこんなことに……」

「それはこれからの調べだ」

久蔵は吉太郎に答えてから、伝次郎を見た。

「話を聞きましょう」

伝次郎がそう応じると、久蔵は吉太郎を連れて自身番のなかに入った。

居間に座らされた吉太郎は、久蔵から事の次第をざっと聞いたあとで、

「すると、三蔵さんは恵比寿屋を襲った盗賊に殺されたんでしょうか？」

と、目をしばたたく。

「それはわからぬ。だが、何か気になることを知らないか。三蔵が質《たち》の悪そうな男と付き合っていたとか、そんな男が近寄っていたとか……」

この問いに吉太郎は短く考えたあとで、まばたきもせずに久蔵を見た。

「わたしの店は南新堀一丁目にありますが、三蔵さんはうちをやめたあと、自分の長屋に近い本材木町のほうで仕事をしていました。半月ほど前でしたか、偶然材木河岸で会いまして、世間話をしているとき、三蔵さんに声をかけてきたお侍がいま

す。わたしはたまたま荷揚げの場にいまして、帳面付けをしているときでした。三蔵さんは船頭仲間や人足たちと仲良くやっていましたが、お侍に知り合いはいなかったはずなので、めずらしいと思ったんです。それが一度だけでなく、二度も見たのです。気になって三蔵さんに訊ねたんです。どんなお侍なのかって。すると三蔵さんは、ちょいと稼ぎになる仕事を持ってきた人だと嬉しそうに笑いましたが、詳しいことは話しませんでした」

「それはいつのことだ？」

「十日ばかり前だったと思います」

「その侍の名前はわかるか？」

いいえと、吉太郎は首を振って言葉を足した。

「お侍と言うより、浪人のように見えました」

「顔を覚えているか？」

「……さあ、会えばわかるかもしれませんが、はっきりとは覚えていません。少し離れたところから見かけただけですから」

「もしや、この男ではなかったか？」

伝次郎は熊沢卯之助の人相書を懐から出して見せた。吉太郎は人相書に短く視線を落としたが、この人ではありませんとかぶりを振った。

久蔵が調べもここまでかと、半ば落胆の顔を伝次郎に向けたとき、吉太郎が言葉をついだ。

「でも、河岸場の人足だったら知っている者がいるかもしれません。三蔵さんと親しかった船頭もいますし」

「その船頭の名は？」

伝次郎が聞いた。

「大吉《だいきち》という船頭です。あのとき三蔵さんは、伊賀屋という米問屋から仕事を請け負っていると言いましたから。材木河岸へ行けば会えるはずです」

「松田さん」

伝次郎は久蔵を見た。

久蔵は心得たという顔でうなずいてから言葉を足した。

「伝次郎、そろそろ御番所に戻ったほうがよいのではないか。お奉行がお戻りになる前に行って、待っていたほうがよいだろう」

久蔵は伝次郎がその朝、奉行の筒井政憲に相談した内容を知っていた。

「そうですね」

「三蔵のことはおれにまかせろ。おまえは松井助三郎のことを……」

「承知しました。では、また夕刻にでも……」

伝次郎はそう応じたあとで、貫太郎にお手柄であったなと、声をかけてから自分の猪牙舟へ急いだ。途中で粂吉と与茂七に出会わないかと思ったが、会うことはなかった。

下之橋のたもとに舫っていた猪牙舟に乗り込んだとき、九つの鐘を聞いた。

（もうそんな刻限か）

内心でつぶやきながらも、筒井の帰りには十分間に合うと余裕を持った。

猪牙舟で大川をわたりながら、三蔵のことやお貞、そして熊沢卯之助のことを考えた。三蔵は賊にうまく言いくるめられて雇われ、そして口を封じられた。そう考えてよいはずだ。

その三蔵のことは松田久蔵にまかせておけばよいが、肝心のお貞と熊沢の行方である。深川にいるのか？　それとも、まったく別の場所に移っているのか、あるいは江戸を去っているかもしれない。

ようやく賊の尻尾をつかみかけているのに、そこから先に進めないので、内心忸《じく》怩《じ》たるものがある。

櫓を漕ぎつづけながら、半兵衛と白川権八郎の調べはどうなっているだろうかと、そちらも気になる。

しかし、伝次郎ひとりが心を焦らせても仕方ないことである。

（とにかく松井助三郎のことを……）

伝次郎は櫓を漕ぐ腕に力を込めた。

南町奉行所に入った伝次郎は、奉行の筒井を待つために内玄関の前に待機した。

ところが、すぐに玄関番をしている中番に声をかけられた。

「沢村様、長船様がご用があるそうです。しばらくお待ちください」

「長船様が……」

内与力筆頭の長船甲右衛門だ。その長船はすぐに姿を見せた。

「沢村、これへ」

そばに行くと、

「お城から使いがまいり、今日の奉行の帰りは遅くなるそうだ」

と、長船はがっかりしたことを言う。

「お奉行から話は承《うけたまわ》っている。松井助三郎のことは吟味方で裁くことにした」

「さようなことでしたか」

伝次郎は少し胸をなで下ろした。

すべての訴訟を必ずしも町奉行が裁くとはかぎらない。刑事事件においては吟味方与力があらかじめ調べたことを、例繰方が過去の判例と照らし合わせてある程度の判断をし、その後、奉行が検《あらた》め、咎人に念押しし、確認後に刑を宣告するのが通例である。

しかし、職務が立て込む時期がある。そんなときには激務の奉行には荷重になるので、奉行に成り代わり吟味方に一任させることができる。むろん、これは軽微な罪にかぎってのことだ。これを手限《てぎり》吟味と称した。

「松井の身柄はすでに牢屋敷から、当役所の仮牢に移してある。これより直《ただ》ちに、裁きに入るゆえ、そなたは公事人《くじにん》溜まり前で待ち、松井の顔検分をしろ」

「承知いたしました」

「さ、行け」

伝次郎はそのまま奉行所内の庭をまわり込み、お白洲《しらす》に通じる門内に入った。左手に仮牢があるので、松井はそこから出てくるはずだ。伝次郎は右手にある公事人溜まりの前で待機した。

すぐ先の建物内が吟味所で、その前の庭は砂利敷きになっている。そのさらに奥がお白洲である。

お白洲の前には長廊下があり、その背後には裁許所《さいきょじょ》・調之間《しらべのま》・内詮議所《うちせんぎじょ》などがある。

待つほどもなくひとりの男が後ろ手に縛られて、二人の若い同心に引き立てられてきた。

「松井、そっちだ」

ひとりの同心がそう言って咎人の肩を押した。

(こやつか)

伝次郎は松井助三郎の顔を脳裏《のうり》に焼き付けた。

松井助三郎はすぐに竹垣の塀で囲まれたお白洲のある庭に消えた。伝次郎のいるところから、その姿は見えない。

吟味方与力の声を聞き拾うことはできたが、それでもはっきりした内容まではわからなかった。助三郎が再び、伝次郎のそばを通ったのは、それから小半刻もたたなかった。

すでに腰縄を解かれ、自由の身になっていた。正面玄関と表門のある内木戸を通り抜けると、助三郎は控えていた同心から刀を受け取り、そのまま奉行所を出て行った。

(いったいどういう裁きが下されたのか……)

伝次郎は疑問に思ったが、そんなことは後まわしで助三郎の尾行を開始した。

五

南町奉行所を出た助三郎は、昼下がりの道をゆっくり歩いていた。

そこは通町で京橋から日本橋へ向かう目抜き通りだ。両側に並ぶ商家の色とりどりの暖簾が、初夏の風に揺れている。

着飾った町娘が友達連れで楽しそうにしゃべりながら歩いていれば、杖を突いて歩く老婆もいる。勤番侍《きんばんざむらい》の一団がやってきて、すれ違った女を一斉に振り返る。呼び込みをしている商家の小僧たちの声が重なり、煎餅《せんべい》屋から香ばしい匂いが漂ってくる。往来を行き来する人は引きも切らない。

助三郎は日本橋をわたり、そのまま通町を進んだが、室町《むろまち》三丁目を右に曲がり浮世小路に入ると、しばらく行った長屋の木戸門をくぐって姿を消した。

助三郎の住居のある長屋だ。伝次郎は木戸口を見張ることのできる場所を探した。伊勢町堀《いせちょうぼり》のどん詰まりに、大八車が止まっていて、そのそばに古びた床几が置かれていた。柳の枝が長く伸びており、身をかろうじて隠すことができる。

床几に腰掛けて、助三郎の長屋の木戸口に注意の目を向ける。

助三郎が賊のひとりなら、いずれ仲間と合流するはずだ。賊が何人であるか、どこを根城《ねじろ》にしているのか、まずはそれを突き止める。

町屋には燕が飛び交っていた。ここしばらく、そんな季節を感じさせることに無《む》頓着《とんちゃく》だったが、暇を持て余す見張りをしているおかげで気づかされる。

助三郎はなかなか出てこなかった。もしや、長屋の奥から他の道に出ることができるのか？　いや、それはない。　伝次郎はこのあたりの地理に詳しいので自信がある。

それでも以前と様変わりしているかもしれない。

心許なくなり、脇道に入ってみた。人ひとりがやっと通れる猫道を進むとやはりどん詰まりだった。助三郎の長屋はさっきの木戸口から出入りするしかない。

急いで元の場所に戻って、見張りをつづけた。日がゆっくり西にまわり込み、人の影が長くなり、低くなった日の光が商家の隙間を抜けて路地を照らす。

やがて日が落ち、夕靄《ゆうもや》が立ち籠め、長屋の路地から炊煙《すいえん》が漂いはじめ、納豆売りや魚屋の棒手振《ぼてふ》りを見るようになった。手拭いを姉さん被りにしたおかみ連中が、木戸口を出入りし、早上がりの職人が道具箱を担いで長屋に入っていった。

日が暮れるのはそれから早かった。助三郎はなかなか姿をあらわさない。

何度か別の場所に移動して見張りをつづける伝次郎は焦《じ》れてきた。

(今日はどこにも出ないか……)

そんな気もする。

助三郎は短い牢暮らしだったとはいえ、心身に疲労があるはずだ。

しかし、見張りをやめるわけにはいかない。ひとりで来たことを少し後悔したが、もはや後の祭りである。じっと辛抱してつづけるしかない。

空に昇った月を仰ぎ見て、いま頃は尾張町の自身番で白川権八郎を中心に、その日の探索の話し合いが行われているかもしれない。

自分の動きは松田久蔵が話してくれるだろうが、権八郎や半兵衛は抜け駆けしたと思うかもしれない。そう思うなら、勝手に思っていればよいと胸の内で開き直る。

まさにそんな頃、連絡場になっている尾張町の自身番には、白川権八郎と松田久蔵、加納半兵衛の三人が、膝詰めでその日の探索の報告をはじめたところだった。

「つまり、賊は恵比寿屋を襲ったあと木挽橋のそばから深川に逃げたということです。三蔵は賊にうまく言いくるめられて、船頭として雇われた。しかし、賊は自分たちの顔を見られている。口を封じるために、深川に入ったところで殺した」

久蔵の報告を権八郎と半兵衛は黙って聞き入っている。

「三蔵には親しく付き合っていた船頭仲間がいます。大吉という男で、三蔵の飲み仲間でもあり、長屋も同じです。何か聞いていないか問いかけましたところ、やはり三蔵は漏らしていました」

「なんと……」

半兵衛が身を乗り出して聞く。

「一晩だけの仕事だが、二両払う。それも人を運ぶだけだと三蔵は言われたらしい」

「たった二両で……」

半兵衛はあきれ顔をするが、

「二両でも過分だろう。猪牙舟で吉原《よしわら》へ行ったところで二百文《もん》もかからぬのだ。おそらく三蔵の、半月分の稼ぎにはなるだろうから断れない仕事だ」

「たしかに……」

半兵衛は身を引いて納得顔をした。

「それで、お貞と熊沢卯之助の行方は？」

権八郎が聞いた。

「まだわかりません。明日も引きつづき聞き調べをやるしかありません」

「三蔵殺しも調べなきゃならねえってことか……」

権八郎は組んでいた腕を解いて、茶に口をつけた。

「半兵衛、おぬしの調べは……」

久蔵は半兵衛に顔を向けた。半兵衛はちらりと権八郎を見る。権八郎は小さくうなずいた。

（なんだ、この二人……）

久蔵はにわかに半兵衛と権八郎に不信感を抱いた。

「じつは宗右衛門の長屋の引き払いに立ち会ったとき、煙草入れが見つかりました。それにはめずらしい銀煙管が入っていて、隆次という作者の号が彫り込まれていました。作者というのは、煙管師です。その煙管師を見つけてあたると、買った男のことが浮かびました。おそらく添田長十郎という侍です。その添田といっしょにいたのが、お貞でした」

「ちょっと待て。宗右衛門殺しを最初に調べたのはおぬしだったな。そのとき、なぜその煙草入れと銀煙管に気づかなかった」

久蔵の詰問《きつもん》口調に、半兵衛は短く言葉に詰まったが、すぐに口を開いた。

「宗右衛門の部屋には煙草盆もありました。銀煙管の入った煙草入れはそのそばにあったのです。わたしはてっきり宗右衛門のものだと思い込んだのです」

「だから賊のものだとは思わなかった。さようなことか」

「はっ。ま、そうなります」

「それが宗右衛門のものではないというのは、どうしてわかった？」

半兵衛は宗右衛門の妹・おかずと、煙草入れについてやり取りしたあとで、壮助にも確認したことを手短に話した。

「半兵衛、ケチをつけるわけではないが、今後さような見落としをしてはならぬ。見落としは探索に遅れを生じさせる」

「肝に銘じておきます」

殊勝《しゅしょう》に返事をする半兵衛だが、注意されたのが面白くないのか、不遜《ふそん》な目を向けてきた。すぐ顔に出る質《たち》なのだ。

久蔵は他にも見落としているものがあるかもしれないと危惧《きぐ》した。

「それで、その添田という男のことはどこまで調べがついているのだ」

久蔵はあらためて半兵衛に問うた。

「添田は道場の師範代を務めていた、あるいはいまも務めている男で、どこの道場なのか、いま調べているところです」

「すると、お貞はその添田と熊沢卯之助とも顔見知りだったというわけか……」

「おそらく、お貞は連絡役なのでしょう」

「ふむ」

久蔵は沈思《ちんし》した。

添田長十郎を捕まえることができれば、この件は一気に解決しそうだと思った。黒い霧の彼方にあった賊の像が、薄ぼんやりと見えてきている。

「他にわかったことは……添田が師範代を務めている道場の見当はどうなのだ？」

そう聞く久蔵は、半兵衛はすでに目星をつけているのではないかと勘ぐった。

「今日のところはわかっていません。ですが、明日には何とかしたいと思います」

「半兵衛、心してかかれ。それから……」

権八郎は言葉を切って久蔵を見た。

「沢村は御番所で狼藉をはたらいた松井助三郎を尾行しているらしいが、賊とのつながりはほんとうにあるのか？」

「それはわかりません。ただ、伝次郎の推量であれば、そのはずです」

久蔵は伝次郎が推察したことを話したあとで、

「白川さんは、松井助三郎にどんな裁きがあったのかお聞きですか？」

と、聞いた。

「それは聞いておる。お奉行は寄合で下城が遅くなったので、松井助三郎のことを吟味方にまかされたのだ。助三郎はその後の調べに対し、いたく後悔し、おのれの過ちを強く悔い改めたらしい。お奉行はそのことをよくよく思量《しりよう》され、改悛《かいしゆん》の情をもって屹度《きつと》叱りにすると吟味方に伝えられた。まあ、お奉行がときに斯様《かよう》な温情を与えられるのはめずらしいことではない。わしは甘いと思うが、沢村の入れ知恵もあったんだろう」

最後の一言はやけに皮肉っぽかった。

「それで他に何かあるか？」

権八郎は白髪交じりの眉を動かして、久蔵と半兵衛を眺めた。

二人とも黙っていた。

「では、明日は半兵衛の調べた添田長十郎なる男を捜し、松田は引きつづきお貞と熊沢捜しということになるか。沢村の調べがどうなるかわからぬが、それはまかせておくしかなかろう。さようなことで明日の朝の申し合わせはやらぬ」

権八郎はお開きを告げるように、茶に口をつけた。

六

松井助三郎が長屋を出たのは、夜の帳《とばり》がすっかり下りてからだった。

伝次郎は尾行を再開した。長屋を出た助三郎は、伊勢町から中之橋、万橋とわたり新材木町《しんざいもくちょう》にある一軒の小料理屋に入った。

間口九尺の小さな店だ。軒行灯と腰高障子に〈廿日屋《はつか》〉とある。月に二十日しか営業しないからか？　伝次郎はとっさにそんなことを考えた。

助三郎は町奉行所を出たときと違い、楽な縦縞の着流し姿だった。陽気がいいせいか店の戸は半開きにしてあるので、客と店の主と酒肴《しゅこう》を運ぶ女の姿を見ることができた。

助三郎は土間席に腰掛けて静かに酒を飲んでいる。客は四人ほどだ。他の三人はすでにできあがっているのか、声高《こわだか》に話しては笑っている。

（誰か待っているのか……）

伝次郎は店のなかを盗み見ながら考える。助三郎の顔半分が燭台のあかりに染められている。低めの鼻梁《びりょう》に薄い唇、目は大きくもなく小さくもない。眉は逆ハの字。

助三郎は店の者と話をするわけでもなく、何かを考えるように静かに酒を飲み、肴をつまんでいる。

酔っていた三人の客が帰ると、新たにひとりの客が入った。近所の職人のようだ。それからまたひとり浪人風情の男が入った。

伝次郎はもしや、仲間ではとぴくりと片眉を動かしたが、助三郎は興味もないという顔で酒を飲んでいる。

結局、半刻ほどで助三郎はその店を出た。少し酔っているのか、ときどき体がふらついた。伝次郎の尾行に気づいた様子はまったくない。

河岸を変えるのかと思ったが、助三郎はまっすぐ自分の長屋に戻っただけだった。

伝次郎は見送っただけで、小さく嘆息した。

あの分ではそのまま寝るに違いない。あらためて出かけるようには見えなかった。

（今夜はここまでにしておくか……）

伝次郎は徒労感を覚えながら家路についた。


「お帰りなさいませ」

玄関に入るなり、与茂七が濯《すす》ぎを持ってやってきた。奥から千草も顔を見せ、一日の労をねぎらってくれる。

「与茂七、井戸のそばに盥《たらい》を用意しろ。体の汗を流す」

「はい、すぐに」

伝次郎は自室に入ると、着物を脱ぎ捨て、褌《ふんどし》ひとつになり、さっと浴衣《ゆかた》を羽織って土間に下りた。

「夕餉はいかがされます？」

千草が聞いてくる。

「食べる。その前に汗を流してくる」

井戸端に行くと、与茂七が手拭いを持って待っていた。

「調べのことは口にしていないだろうな」

「はい、何も言っていません。おかみさんは気になさっているようですが、何も聞かれないので、黙っています」

千草はそういう女なのだ。

伝次郎は手拭いを水につけ、軽く絞ってから体を拭きはじめた。

「それで、おまえたちの調べはどうなのだ？」

「先には進んでいません。でも、加納の旦那が宗右衛門の家で煙管を見つけて、その持ち主を割り出しました。添田長十郎という男で、道場の師範代をやっているとか、やっていたとか……」

与茂七はそう言ったあとで、その日の夕刻に尾張町の自身番で、久蔵と半兵衛、そして権八郎がどんなやり取りをしたかをかいつまんで話した。

「お貞は添田長十郎とも熊沢卯之助とも関わっていたのか……。お貞捜しは急がなければならぬな」

「明日にも見つけたいと思います。それで旦那のほうはどうなんです？」

「明日の朝早く松井助三郎を見張りに行く。ついては、おまえもあとから来てもらいたい。先に粂吉に会い、事の次第を話しておいてくれるか」

「おれは旦那についていきたいんですが、お貞と熊沢捜しの人手は大丈夫でしょうか」

「粂吉にこう伝えるんだ。松田さんに会ったら、深川の岡っ引きと下っ引きらを使えるだけ使ってほしいと、おれが言っていたと」

「わかりました。背中を拭きます」

「すまぬ」

汗を流して居間に行くと、夕餉の支度ができていた。千草は気を利かせて、酒もつけていた。

「店のほうはどうだ?」

伝次郎は酌を受けながら千草を見る。

「ひととおり揃ったので、いつでもやれるようになりました。でも、いまは落ち着かないので少し待ちます」

千草はそう言って目を伏せた。

伝次郎はその胸の内を理解した。自分が抱えている事件の始末がつかないと、千草も心にゆとりを持てないのだと。

「ま、焦ることはないだろう」

伝次郎はそう答えるに留めた。

七

まだ朝靄の漂うなか、伝次郎は松井助三郎の長屋の見張りについた。その前に長屋に入って、助三郎が家にいるかどうかも調べを終えていた。

腰高障子の向こうから、助三郎のものらしい鼾《いびき》が聞こえてきたのだ。

鳥たちの声が高くなり、緋《ひ》色に染められていた東雲《しののめ》がゆっくり白《しら》んでくる。納豆売りや豆腐売りが通りにあらわれ、町屋の路地に消えていく。

それから小半刻もたたずに、粂吉へ伝次郎の言付けを終えた与茂七がやってきた。伝次郎が手招きをしてそばに呼ぶと、

「ちゃんと話してきました」

と、与茂七は目を輝かせながら言う。

「長屋の連中がそろそろ起き出してきた。松井助三郎もいずれ姿をあらわすだろう。

出てきたら教えるから顔をしっかり見ておけ」

「はい」

答える与茂七は助三郎の長屋に目を注ぐ。

二人がいるのは、長屋の木戸口とどぶ板の走る路地を見ることのできる商家の庇の下だった。

助三郎がその路地にあらわれたのは、それから小半刻ほどたったときのことだ。長屋の連中と挨拶を交わしながら、井戸端に行き顔を洗うと、そのまま自分の家に引き返した。

「顔を見たか?」

「はい、はっきりと見ました。やつが賊のひとりだったら、今日は仲間に会うんじゃないでしょうか」

「おそらくそうするだろう」

そうであることを伝次郎はひそかに願っている。

そして、助三郎は五つの鐘が鳴ってほどなくして長屋を出てきた。腰に大小を差しているが、手にはもう一本差料《さしりょう》を持っていた。

通りに人が増えはじめた頃で、気の早い商家は店を開けている。そうでない商家は開店の支度をはじめ、奉公人たちが店先を掃除したり、商品を並べる平台を設置したりしている。

長屋を出た助三郎は、通町に出ると、本町《ほんちょう》二丁目の角を左に曲がり、途中にある小さな店に入った。

質屋だ。

「旦那、まさかあの店が……」

伝次郎は何も答えずに、助三郎の入った質屋を凝視した。小さな店で木戸口の先に、長暖簾が下がっており、それに大きく「質」という字が染め抜かれている。店の名は「伊勢屋」というありふれたものだった。

見張っていると、小半刻もたたずに助三郎が出てきた。質屋に入るときは、腰に大小を差していたが、いまは大刀だけを落とし差しにしている。

伝次郎はそのことに眉宇をひそめた。

助三郎は来た道を引き返し、そのまま自分の長屋に戻った。

「与茂七、ここで見張っておれ。さっきの質屋に行ってくる」

伝次郎はそう言うと、伊勢屋に駆けるようにして行った。店に入るなり、

「南御番所の沢村と申すが、ついさっき松井助三郎なる浪人が来たはずだ」

「へえ」

色白で下ぶくれ顔の主は、きょとんとしている。どう見ても悪党面ではない。

「松井は何をしに来た？」

「刀を質草にして金を借りに見えました。それで一分《ぶ》をお貸ししただけです。刀をもう一本お持ちでしたが、あれはおそらく竹光《たけみつ》でしょう」

伝次郎は啞然となった。

二千両を超えるだろう金を盗んだ賊の仲間のすることではない。

（これはしたり）

内心で舌打ちをするしかなかった。

松井助三郎は貧乏浪人にすぎないのだ。

だが、ここであきらめてのしくじりは許されない。

伝次郎は与茂七の元に戻ると、

「やつは刀を質に入れただけだった。これからやつに会う」

「どういうことです」

与茂七が慌ててついてくる。

長屋に入ると仕事に出かける職人とぶつかりそうになった。

「おっと、危ねえ」

職人は脇に避《よ》け、一言もの言いたげな顔をして出て行った。

「邪魔をする」

伝次郎は声をかけて、助三郎の家の戸を引き開けた。

「……なんだ？」

助三郎は短い間を置き、伝次郎に険悪な目を向けてきた。

「南御番所の沢村という。おぬしにたしかめたいことがある」

伝次郎を町方と知ってか、助三郎は顔をしかめた。

「なんです？」

「この男と女を知らぬか？」

伝次郎がお貞と熊沢卯之助の人相書を見せると、助三郎は首を伸ばして見入った。

伝次郎は微妙な表情の変化も見逃さないという目で、助三郎を凝視する。

「まさか、拙者《せっしゃ》の知り合いだとおっしゃるんですか……」

助三郎は意外そうな顔を向けてきた。

その顔を見ただけで、伝次郎にはわかった。この男は今回の一件には、関わりがないのだと。それに逃げる素振りもなければ、狼狽《ろうばい》もしない。

「知らぬか……」

「まったく与《あずか》り知らない男と女です。この二人、盗みと殺しを……」

助三郎は驚いたように目をまるくして言う。

伝次郎は内心でため息をついた。

# 第六章　開店

## 一

その日、半兵衛は添田長十郎が師範代を務めている、あるいは務めていた道場を探すために日本橋の北へ足をのばしていた。京橋から日本橋界隈の道場に、添田長十郎を知っている者はいなかったからである。

小者の幸三郎と甚兵衛は、手分けして小網町《こあみちょう》と堀江町《ほりえちょう》界隈の道場をあたっている。

添田長十郎のことがわかったら即、人相書を作り手配りをすると、半兵衛は意気込んでいた。

江戸に剣術道場は数多《あまた》あるが、調べきれない数ではない。それに、白川権八郎とその手先も助をしてくれている。

（今日のうちには、なんとしてでも……）

駿河町《するがちょう》にある小さな剣術道場を出た半兵衛は、目の色を変えてつぎの道場に足を向ける。気になるのは沢村伝次郎の調べだ。町奉行所で狼藉をはたらいた松井助三郎が賊の仲間だとしたら、先を越されるかもしれない。

しかし、半兵衛は、松井助三郎が賊の仲間ということに関しては懐疑《かいぎ》的だった。たしかに伝次郎が推量するように、町奉行所の与力・同心の目を欺《あざむ》くための仕業というのは考えられる。その間に、番頭と二人の手代を殺すことも容易になる。

だが、ほんとうにそうだろうかと思うのだ。

賊は恵比寿屋襲撃の発覚を遅らせるために、番頭と二人の手代を殺した。その結果、恵比寿屋襲撃が知れるのは遅れた。

賊の狙いはそれで十分だったはずだ。なにも目立つような騒ぎを起こす必要はないだろうし、襲撃前に三人の奉公人を殺めなければならない。それだけでも気も使うし、人手もいる。

そして、その下手人たちは恵比寿屋襲撃に加わったはずだ。欲深い賊は、無用に仲間の数を増やさない。

もし、松井助三郎が仲間だとしたら、それは捨て駒になる。松井助三郎が仲間たちに多大な信用を得ている男でも、捕縛されれば危険極まりない。

どんな強情な人間でも、自白を迫る拷問に耐えられる者はいない。恵比寿屋を襲った賊は知恵者だ。奉行所を攪乱《かくらん》させるためとはいえ、そんな危険を冒すとは思えない。

（松井助三郎は賊ではない）

それが半兵衛の判断だった。

そんなことを考えながら歩いているうちに、つぎにあたる道場の前に来ていた。

本町一丁目の高村《たかむら》道場だった。

金座《きんざ》のはす向かいにある小さな道場で、無外《むがい》流を教授している。稽古をしている門弟たちの発する気合いの声と、板を踏む音、竹刀のぶつかる音が聞こえてきた。

「旦那、こちらでしたか」

それは道場を訪ねようとしたときだった。振り返ると、幸三郎だった。肩を上下に動かし、額に汗を浮かべていた。

「見つかりました」

幸三郎は息を喘《あえ》がせながらそう言った。半兵衛はぴくっと眉を動かして、

「添田長十郎のことだな」

「へえ、大伝馬町《おおてんまちょう》にある山岡《やまおか》道場で師範代を務めていたことがわかりました」

「よくやった」

間の抜けたひょっとこ顔が、今日は利口《りこう》に見えた。

「それで話は聞いたんだな」

「へえ、人相書の手配りもしました」

「おめえにしては気の利くことを。よし、おれも話を聞く。その道場に案内しろ」

半兵衛は山岡道場に向かいながら、幸三郎が聞き調べたことを教えてもらった。

添田長十郎はたしかに山岡道場の師範代を務めていたが、半年前にやめていた。

その後のことは、道場主も門弟もわからないらしい。住まいは堀留町《ほりどめちょう》二丁目の長屋だという。

「そっちの長屋はどうした?」

「まだ行っていません」

「よし、あとでたしかめに行こう。それで、山岡道場はどんな道場だ？」

「小さなしけた道場です。門弟もさほどいないでしょう。師範代を務めていたとしても、飯なんか食っていけねえと思います」

たしかにそんな道場だった。

半兵衛は道場の玄関に入るなり、これでは門弟も集まらないだろうと思った。道場は十六畳ほどの板の間で、四本の柱が稽古を邪魔するように立っている。それに稽古をしている者もいない。

「頼もう」

声を張ると、ひとりの男が見所脇《けんぞ》の戸口から出てきた。半兵衛を見てにわかに表情をこわばらせ、幸三郎を見て「これは先ほどの」と、つぶやいた。

「南町奉行所定町廻りの加納半兵衛様です」

幸三郎が紹介すると、相手は道場主の山岡友五郎《ともごろう》と名乗った。

「幸三郎から話を聞いていると思うから、面倒は省く。添田長十郎は半年前にやめたと聞いているが、知っていることをすべて教えてもらいたい」

半兵衛は早速用件を切り出した。

「何もかもということでございますか。ま、おあがりください」

半兵衛は面倒だったが、いざなわれるまま道場にあがった。

しかし、山岡から賊につながるような話は聞けなかった。添田長十郎は技量はあるが、指導者としては不向きだった。それに自我が強く、他人を妬《ねた》み、ときに道場主にわからないように、陰で若い門弟から無心《むしん》をしていたらしい。

「この道場はあまり儲《もう》かっていませんし、満足な給金も出せないということもありますが、姑息《こそく》なことをするんです。やめたいと言われたときは、好きにしろとすぐに応じました。質の悪い町の者とつるんでいるようなことはなかったと思いますが、朝から晩まであの者を見ていたわけではありませんから、どうでしょうかね」

山岡の話はすべてそんな調子だった。わかったのは、長十郎は腕がありながら姑息な男だということだ。年は三十だという。

山岡道場をあとにすると、そのまま長十郎が住んでいた長屋を訪ねた。

案《あん》の定《じょう》、長十郎はいなかった。ひと月前に越していったが、行き先はわからないと、長屋の住人が言う。

「やつは盗賊仲間かもしれぬ。そんなやつらの出入りはなかったか？」

問われる長屋の隠居老人は短く考えてから、

「あの方を訪ねてくる人は少なかったです。ただ、気になることを聞かれたことがありますす」

「どんなことだ？」

「黒鉄《くろがね》の伊三郎《いさぶろう》という男を知らないかと……。あたしが香具師《やし》をやっていたから、知っていないかと……」

「黒鉄の伊三郎……」

半兵衛はどこかで聞いたような気がしたが、すぐには思い出せなかった。

「なぜ、そんなことを聞くんですと言いますと、眉唾《まゆつば》な話が舞い込んできたんだ。だが、まあいいと、はぐらかされました。あたしゃぴんと来ましたね。添田さんは悪い仲間の誘いを受けたんじゃねえかと……。あたしも伊達《だて》に生きてきたわけじゃねえし、裏稼業をやっていた者との付き合いもありましたから……」

たしかに隠居老人の目には、筋者《すじもの》に近い光があった。多くの話を聞くことはできなかったが、お貞の人相書を見せると、老人は何度か見かけたことがあると言った。

長屋をあとにすると、近くの自身番を訪ねた。添田長十郎の似面絵《にづらえ》を描いている絵師がいた。幸三郎が気を利かせて手配したのだ。絵師にあれこれ注文をつけるのは、同じ長屋に住んでいるおかみだった。

半兵衛はその場で似面絵ができるのを待つことにした。

二

伝次郎は与茂七と深川に移動し、お貞と熊沢卯之助捜しに奔走《ほんそう》していた。

永代寺門前東仲町でばったり粂吉と出くわすと、

「何か手掛かりはないか?」

と、早速聞いた。

「まだなにもありません」

粂吉はため息混じりに答え、松井助三郎はどうなったのだと問い返してきた。

「あやつは此度の一件には関わりなかった。それがはっきりしただけだ」

「そうでしたか」

「松田さんはどこだ？」

「三蔵殺しの下手人を捜そうと、木場《きば》のほうで聞き込みをしているはずです」

三蔵は賊に殺されたと考えるのが筋である。そして、その考えは間違っていないはずだ。

「それにしても、お貞と熊沢はどこにいるんだ」

伝次郎は憎らしいほど晴れわたっている空をにらんでつぶやく。深川ではないのかもしれない。そんな思いにとらわれはじめていた。

「本所《ほんじょ》を調べてみるか」

伝次郎が言うと、

「あっしもそっちに手を広げようかと考えていたんです」

と、粂吉も同意した。

「粂吉、ご苦労だが、松田さんを見つけて、おれたちは本所に手を広げると伝えてくれ」

「承知しました」

粂吉が駆け去ると、伝次郎は与茂七を連れて猪牙舟を繋いでいる亀久橋に足を急がせた。

猪牙舟に乗り込み、一度空を仰ぎ見る。

晴れてはいるが、西の空に鉛色の雲がたれこめていた。

(雨が降るかも……)

伝次郎はそのまま猪牙舟を滑らせるように出した。

木場を横目に三十間川を東に進み、大横川《おおよこがわ》に入って北上する。

「旦那、この調べは手こずりますね。それともいつもこんなふうなんですか?」

舳のそばに座っている与茂七が振り返って聞く。

「いろいろだ。だが、此度は賊につながる手掛かりが少なすぎる。それだけ、賊は周到な計略《けいりゃく》を練っていたってことだろう」

「悪知恵のはたらく盗賊ですね。それに残虐です」

伝次郎は棹を操りながら、まったくだと胸の内でつぶやく。

「加納の旦那や白川の旦那の調べはどうなっているんでしょう」

伝次郎もそのことが気になっていた。

半兵衛は、煙管の持ち主である添田長十郎を割り出しているかもしれない。もし、添田長十郎が賊の一味ならば、事件は一気に解決できるかもしれない。できればそうであることを願う伝次郎だ。

やがて小名木川《おなぎがわ》が近づいてきた。西の空にたれこめた雲は、どんどん広がっている。

「旦那、川政の旦那からはまだ知らせはありませんね」

「うむ」

「あの店には何人の船頭がいるんです？」

「八人ほどだ。そうだな、ちょいと寄ってみるか」

伝次郎は小名木川に出ると、器用に猪牙舟をまわし、小名木川の西に向けた。燕が川面を掠《かす》めるように飛んでいた。岸辺には蓮華草《れんげそう》や都忘《みやこわす》れが花を咲かせている。

「川政の旦那には会ったばかりですが、頼り甲斐のありそうな人ですね。貫禄もあるし、なんとなく男気《おとこぎ》ってやつを感じます」

「そのとおり。骨のある男だ。船宿の主にしておくにはもったいないほどだ」

「どこか旦那に似ていますよ。なんとなくそう思いました」

与茂七はそう言って口許に小さな笑みを浮かべた。

「そうか、似ているか」

伝次郎は苦笑した。

高橋をくぐり抜けたときだった。川政の舟着場に政五郎の姿があった。雇っている船頭と何かやり取りをしていたが、伝次郎の舟に気づくと、

「いいところに来た！」

と、声を張った。

伝次郎が舟を寄せると、政五郎が桟橋《さんばし》まで下りてきた。

「さっき、伝次郎の家に使いを出したところだ。人相書の男を見た船頭がいた」

伝次郎はかっと目をみはった。

「どこです？」

「つい半刻ほど前のことだ。南辻橋《みなみつじばし》の茶屋にいたらしい。見間違いではないとはっきり言うんだ」

「南辻橋のどっちです？」

「柳原町《やなぎはらちょう》だ」

南辻橋は大横川と竪川《たてかわ》が交差する手前にある。柳原町はその橋の東にある町屋だ。

「政五郎さん、恩に着る」

伝次郎はそう言うなり、棹を川底に突き立て猪牙舟をまわした。

「与茂七、おまえをこの先で下ろす。走って松田さんたちを見つけて、いまのことを伝えてこい。おれは先に行って南辻橋の近くで、熊沢卯之助捜しをしている。ひょっとすると、お貞もいっしょにいるかもしれぬ」

「わかりやした」

猪牙舟を速める伝次郎は、背中と脇の下に汗をかいていた。

与茂七を新高橋のそばで下ろすと、伝次郎は大横川に入って南辻橋を目ざした。

そのとき、ぽつんと頬をたたく冷たいものがあった。空を見ると、雨雲が頭上に広がっていた。

三

添田長十郎の似面絵つきの人相書を作った半兵衛は、幸三郎に人相書の摺《す》り増《ま》しを命じ、とりあえず手書きの人相書を持って、大坂屋を訪ねたところだった。

恵比寿屋のたったひとりの生き残りである壮助を呼んでくれと手代に頼むと、土間奥から本人がおずおずとやってきた。

「壮助、ちょいとこれを見てくれ」

半兵衛は壮助に添田長十郎の人相書をわたした。

「おまえは、店に賊が入る前に、はす向かいの米屋のほうから恵比寿屋を見ている浪人ふうの男を見たと言ったな。この男はどうだ?」

壮助はすぐに顔をあげた。

「多分、この人だと思います。似ている気がします」

もうそれだけ聞けば十分だった。

やはり、添田長十郎は賊の一味なのだ。

だが、どうやって添田長十郎を捜せばいいのかわからない。

賊のことはだんだん明らかになってきた。だが、肝心のその賊には行き着いていない。

(松田さんと沢村さんは、どうしているんだ)

京橋の近くまで戻って、一方を見た。深川で、お貞と熊沢卯之助の行方を追っている松田久蔵のことが気になる。

そして、松井助三郎を疑い尾行しているはずの伝次郎のことも気になってきた。

（まさか、先を越されているのでは……）

半兵衛のなかに焦りが生まれる。

（甚兵衛は何をやっているんだ）

もうひとりの小者のことも気になった。やつはまだ道場をあたっているのかもしれない。そう思って、小網町に足を向けた。

ぽつぽつと雨が地面をたたきに来たのはそのときだった。

半兵衛は忌々《いまいま》しげに空を見あげ、

「まったくこんなときに」

と、愚痴をこぼした。

近くの店で傘を買い、それを差して小網町に足を向けた。江戸橋のそばまで来たとき、二人の小者を連れた白川権八郎と鉢合わせをした。

「これは白川さん」

「何かわかったか。わしのほうはさっぱりだ。沢村の調べが気になり、松井助三郎の長屋に行ってきたが、やつは賊とは関係なかったことがわかった。沢村もすでにそのことを調べて、いまは深川だろう」

「それより、添田長十郎のことがわかりました」

「まことか」

権八郎は白髪交じりの眉を動かした。

「人相書の摺り増しをさせているところです。とりあえず、一枚あります」

半兵衛は手書きの人相書を権八郎に見せた。

「こやつか……」

「生き残りの壮助に見せますと、恵比寿屋が襲われる前に店を見張るようにはす向かいの米屋に立っていた浪人に似ていると言います。大伝馬町の山岡道場で師範代をやっていたこともわかりましたが、半年前にやめています。住んでいた長屋に行きましたが、ひと月前に越しています」

「引っ越し先は？」

権八郎は人相書から顔をあげた。

「わかりません。ただ、気になることを聞いたんですが、白川さんは黒鉄の伊三郎という名に覚えはありませんか？」

権八郎は驚いたように表情を変えた。

「黒鉄の伊三郎は、二年前にわしが捕り逃がした盗賊の頭《かしら》だ。手下を捕まえて白状させたのだが、浅草《あさくさ》の大黒屋《だいこく》という米問屋から三千両という金を盗んで逃げている」

「やはり……」

半兵衛はやっと思い出した。

「伊三郎のことをどうして？」

「添田長十郎はその伊三郎の誘いを受けた節《ふし》があります」

「なんと、そういうことであったか。くそ、今度こそは伊三郎を召し捕らなきゃならぬ。そうか、すると恵比寿屋を襲ったのは、黒鉄の伊三郎一味ってわけだ」

権八郎は歯軋《はぎし》りをするような声を漏らしたあとで、

「忠次、急ぎ番所の同心詰所に行き、黒鉄の伊三郎の人相書を持ってこい。まだ何枚か残っているはずだ」

と、命じた。

「人相書はどこへ持って行けばいいです？」

忠次は聞き返した。

「東平野町の番屋だ」

答えたのは半兵衛だった。そして、権八郎を見て言葉を足した。

「松田さんが、船頭の三蔵殺しの下手人捜しをしているはずです。番屋に行けば松田さんと沢村さんの動きもわかるはずです」

「よし」

権八郎は半兵衛の言葉を受けて、忠次に顎をしゃくった。

「半兵衛。伊三郎の人相書が揃えば、やつらの隠れ家を見つけるのも造作《ぞうさ》ないかもしれねえ」

そう言うなり権八郎は歩き出していた。

たしかにそうかもしれない、そうであってほしいと半兵衛は心中で祈るような気持ちになった。

何しろ人相書は、お貞・熊沢卯之助・添田長十郎、そして黒鉄の伊三郎と四枚も揃う。それだけの人相書があれば、賊一味を割り出すのに大いに役立つ。

江戸橋、荒布《あらめ》橋、そして思案《しあん》橋をわたり小網町の通りに入ったとき、半兵衛の小者・甚兵衛が横町から声をかけてきた。

「おう、こんなところにいたか」

「旦那、どこの道場をあたっても……」

「それはもういい。添田長十郎のことはわかった」

半兵衛が遮って言うと、甚兵衛は「へっ」と呆気《あっけ》にとられたような顔を、権八郎にも向けた。

「幸三郎が添田の人相書を摺り増しさせている。新材木町の藤助店《とうすけだな》に七五三《しめ》造《ぞう》という彫り師がいる。そやつの家に幸三郎がいるはずだ。おれたちは東平野町の番屋にいるから、そこに人相書を持ってこい」

「わかりやした」

甚兵衛が駆け去ると、半兵衛たちは深川へ足を急がせた。

四

竪川と大横川の交差する場所には、三つの橋が架かっている。

本所菊川町《きくかわちょう》一丁目と柳原町三丁目を繋ぐ南辻橋。

柳原町三丁目と柳原町一丁目を繋ぐ新辻橋《しんつじ》。

そして、柳原町一丁目と本所花町《はなまち》に架かる北辻橋《きたつじ》。

川政の船頭が熊沢卯之助を見たのは、柳原町三丁目にある茶屋だった。

茶屋の小女《こおんな》は熊沢卯之助の人相書を見せると、

「最近、何度か見ている」

と、言った。そして、お貞とおぼしき女も見かけていると付け足した。

竪川に架かる新辻橋には橋番屋《はしばんや》がある。北詰と南詰の二ヶ所だ。そこの番人も、熊沢とお貞を見ていた。

伝次郎は手分けして付近の聞き込みをつづけていた。松田久蔵も合流しており、本所花町から西の聞き込みをしている。

条吉と与茂七には柳原町一丁目から東と北側の町屋をあたるように指図していた。

伝次郎は柳原町三丁目から四ツ目之橋《よつめのはし》まで行って、引き返してきたところだった。あたりに視線を這《は》わせ、足を進めて新辻橋の上で立ち止まった。橋の長さは約十二間、幅は約三間。雨のせいか橋をわたる人は少ない。

伝次郎は竪川の西に目を注いだ。両側の河岸道を傘を差したり、簑笠《みのかさ》をつけたりして歩いている人の姿が雨に烟《けぶ》っている。

雨を受ける川面は絶え間なく小さな波紋を作っていた。

伝次郎は目を光らせて周囲に目を配り、今度は竪川の東につづく両側の河岸道と町屋をにらむように見る。

(どこだ、どこにいる?)

「沢村、沢村!」

声がかけられた。

伝次郎が振り返ると、白川権八郎が小者二人と南辻橋をわたってきたところだった。その背後に半兵衛と二人の小者がつづいていた。

伝次郎が橋を戻ると、

「賊の手掛かりは？」

と、権八郎が聞いてきた。

「まだ、わかりません。しかし、熊沢卯之助とお貞はこの付近にいるはずです。今日も一昨日も二人を見たと言う者がいます。賊の隠れ家はこの近くにあるのかもしれませぬ」

「うむ。それはともかく、賊のことがわかったぞ」

伝次郎は太い眉をぴくっと動かした。

「賊の頭はおそらく黒鉄の伊三郎という野郎だ。二年間、浅草の米問屋・大黒屋から三千両を奪って逃げている盗賊だ。わしはもう少しのところまで追い詰めたが、逃げられた。だが、手下のひとりを捕まえて、伊三郎のことを白状させた。極悪非道の盗賊で、大黒屋でも十八人を殺している」

「人相書があります」

半兵衛が伊三郎の人相書をわたした。伝次郎はそれをじっと眺めた。

背は並、肩幅広く太り気味、年は四十半ば。似面絵は、顎の張った四角い顔に団子鼻と、眼光鋭い大きな目が描かれていた。

「それからもう一枚」

半兵衛は新たな人相書をわたした。添田長十郎のものだった。

「これは……」

伝次郎は半兵衛を見返した。

「恵比寿屋の手代・宗右衛門を殺した野郎です。こやつはお貞ともつるんでいます」

半兵衛はいかにして長十郎を割り出したかを、ざっと話した。

「半兵衛、でかしたな」

伝次郎が褒めても半兵衛はにこりともしなかった。

「賊がこの界隈にいるなら、四枚の人相書は大いに役に立つはずだ。松田はどこだ?」

権八郎がまわりを眺めて聞いた。

「本所花町から西へ竪川沿いの町屋を調べています。わたしの手先は、北辻橋の東詰から東と北側の町屋に行っています」

「よし、わしらは竪川の南側を調べよう。忠次」

権八郎は小者の忠次をそばに呼ぶと、懐にある新たな人相書を久蔵に捜してわたしてくるように命じた。忠次が新辻橋を一散に駆けわたっていくと、

「かかるぞ」

と、権八郎が声に力を入れて、伝次郎と半兵衛を見た。

伝次郎は新たな人相書を懐に入れ、新辻橋をわたると、東へ向かった。粂吉と与茂七の姿は見えないが、近くにいるはずだ。

伝次郎は河岸道にある数軒の商家で、新たな人相書を見せた。反応はすぐにあった。見かけたという者がいたのだ。

「昨日の夕方にも四、五人で歩いているのを見ました」

そう言うのは団子や煎餅を売る菓子屋の若い主だった。

「どこで見た？」

「橋の近くです。北辻橋をわたっていくのを見ました」

伝次郎は背後を振り返った。そちらは久蔵が聞き調べをしている。

「そやつらはどっちから来た？」

「こっちからです」

菓子屋は東のほうを見た。

柳原町の先には本所茅場町《かやばちょう》がある。町屋はその先にもあり、亀戸《かめいど》村の飛び地までつづいている。

伝次郎は河岸道を東へ辿っていった。ときどき、茶屋や商家の者に人相書を見せる。黒鉄の伊三郎を見たと言う者もいれば、お貞を見たと言う者もいた。

(賊はこの近くにいる)

そう確信する伝次郎はぎらりと目を光らせて、降りつづける雨の道を見た。

粂吉と与茂七に遭遇したのは、北松代町《きたまつしろちょう》三丁目の外れ、十間川《じっけんがわ》に架かる旅所《たびしょ》橋の手前だった。

伝次郎は権八郎と半兵衛が、この界隈の探索に加わったことを話し、新たな人相書をわたした。

「この四人の人相書がありゃ、誰かが見ていてもおかしくはありませんね」

与茂七が黒鉄の伊三郎の人相書から顔をあげて言う。

「伊三郎とお貞、そして熊沢卯之助を見たと言う者もいる」

「旦那、あっしもお貞と熊沢を見たと言う者に会っています」

条吉が目を輝かせて言う。

三人はそのまま河岸道を柳原町のほうに引き返した。

本所入江町の時の鐘が鳴って、雨を降らせる空に広がった。八つ（午後二時）の鐘だ。

そのとき、柳原町三丁目から新辻橋をわたってきた男がいた。半兵衛の小者・甚兵衛だった。

「沢村の旦那」

雨に濡れるのもかまわずに甚兵衛が目の色を変えて見てきた。

「賊の隠れ家がわかりました」

五

黒鉄の伊三郎を首領とする賊一味の隠れ家は、本所茅場町二丁目の裏、亀戸村の飛び地にあった。

数軒の百姓家《ひやくしようや》が離れて建っており、雑草の生えた乾いた田圃《たんぼ》が広がっている。

賊の家は本所茅場町二丁目の東外れから、南へ二町《ちょう》（約二一八メートル）ほど行ったところにあった。

雨は強くないが、降りつづいている。

半兵衛たちは付近の聞き込みを終え、その家が賊の隠れ家であることを確信していた。

「聞き込みによってわかった賊は六人、伊三郎、添田長十郎、熊沢卯之助、お貞、名前のわからない男が二人。こっちは十二人。数では勝っちゃいるが、油断はならねえ」

指揮を執《と》る権八郎が声をひそめながら、伝次郎たちを眺める。

「伊三郎はなんとしてでも捕まえる。他のやつが逆らうようなら斬り捨ててかまわない。沢村、裏へまわれ。松田、おぬしは庭へ。わしと半兵衛は戸口から押し入る。行け」

権八郎が雨に濡れた顔を振った。

伝次郎は条吉と与茂七を連れて、家の裏にまわった。

その家は茅葺《かやぶ》きの百姓家で、四十坪ほどの庭があった。家のまわりには竹や檜《ひのき》、梅の木、夏茱萸《なつぐみ》などの木々があり、一本の銀杏《いちよう》が雨を降らせる空に伸びていた。それらの木々の根元には南天《なんてん》や雪柳《ゆきやなぎ》、沈丁花《じんちようげ》の低木があった。

伝次郎は白い花を咲かせている雪柳の陰に身を隠し、与茂七と粂吉を見た。

「おまえたちは賊の様子がわかるまで手を出すな。相手は六人だが、ひとりは道場の師範代を務めた男だ。油断がならぬ。逃げる者がいれば、あとを追ってもいいが、できるかぎり手を出すのは控えろ。与茂七、粂吉から離れるな」

与茂七は硬い顔でうなずく。

それを見た伝次郎は襷を掛け、尻端折《しりはしよ》りをした。

戸口前は権八郎と半兵衛が固めている。賊は戸口からは逃げられないはずだ。逃げるとしたら、久蔵が控えている庭だろう。

家にあるすべての雨戸は閉め切られたままだ。しかし、北側の窓から薄い煙が雨の降る表に流れている。そこが竈《かまど》のある台所だろう。

その台所の竈に立った者がいた。

お貞である。竈にかけてある大鍋に、水甕《みずがめ》からすくった水を足し、それから流しで沢庵《たくあん》を切りはじめた。

「それにしても、よく降りますね」

背後の座敷では、男たちが長火鉢を囲んで酒を飲みはじめていた。お貞の独り言のようなつぶやきは聞こえなかったらしく、互いに酌をしあっている。

切った沢庵を皿に盛りつけ、何気なく煙出し窓から表を見たとき、竹藪の向こうに動く人影があった。

近所には大きな旗本屋敷が数軒ある。そこの侍だろうと思い、沢庵を盛った皿を両手で持ち、もう一度外を見た。

とたん、お貞は凝然《ぎようぜん》となった。

鉢巻きをして襷を掛けた男が、二人の男を連れて一方へ行き腰を屈《かが》めたのだ。襷掛けの男は黒羽織をつけていた。

(町方……)

お貞は皿を俎《まないた》に置くなり、座敷に急いで戻った。

「お頭、表に変な男がいる。町方のようだわ」

「なんだと……」

伊三郎はお貞を見、そして戸口のほうに目を向けた。

その戸口の向こうから声が聞こえたのはそのときだった。

「南町奉行所である！」

声と同時に、板戸がけたたましい音を立てて倒された。

雷が落ちたような激しい物音が聞こえたと同時に、屋内から男たちの慌てる声が聞こえてきた。

伝次郎はくっと口を引き結ぶと、頭に巻いた鉢巻きをもう一度きつく締め直し、目の前の雨戸に体当たりをして屋内に飛び込んだ。

右手に持った刀をさっと、右腰の後ろに引いたとき、眼前に男が立った。

「あっ」

男は驚き顔をするなり、右手の刀を横殴りに振った。伝次郎はさっと脇に跳んでかわす。

男はさらに撃ち込んでくる。

キーン！

伝次郎の愛刀・井上真改《いのうえしんかい》が男の刀を撥《は》ねあげた。

転瞬《てんしゅん》、その刀は袈裟《けさ》懸《が》けに振り下ろされ、男の左肩口を深く抉《えぐ》るように斬っていた。

「ぎゃあー!」

悲鳴と同時に、斬られた男は血飛沫をまき散らしながら、障子にぶつかって倒れた。

「逃げるんだ!」

「斬れッ、斬るんだ!」

「半兵衛、油断するな! そっちだ!」

怒鳴り声や悲鳴じみた声が交錯していた。

土間そばの座敷が乱戦の場になっていた。長火鉢が横倒しになり、もうもうとした灰神楽《はいかぐら》が広がっている。

バリーン!

雨戸を突き破って庭に逃げた男がいた。

「ひゃあー!」

驚きの声を発したのは、そこに久蔵が待ち受けていたからだろう。

伝次郎は灰神楽がもうもうとしている座敷の隣に足を進めた。とたん、障子の向こうから刀が突き出され、切っ先が袖を掠めた。

伝次郎が後ろに下がると、ひとりの男が目の前にあらわれた。右八相《はっそう》に構えて間合いを詰めてくる。霧のような灰神楽のせいで、男の顔は判別できない。

いきなり突きを送り込まれ、伝次郎は背後に跳びのいたが、そこに柱があり、思い切り背中をぶつけた。一瞬、息が詰まるような苦しみ。

だが、堪《こら》えるしかない。相手は休む暇も与えずに上段から撃ち込んできた。横に跳んでかわす。すかさず相手は詰めてきて、心《しん》の臓《ぞう》を狙って突きを送り込んでくる。狭い屋内では分《ぶ》が悪い。伝次郎は隣の座敷に体を投げ出すようにして跳ぶと、畳の上を一回転して立ちあがり、そのまま庭に飛び出した。

男は無言のまま追ってくる。伝次郎がさっと振り返って青眼《せいがん》に構えると、相手は上段に振りあげたまま動きを止めた。

（添田長十郎……）

頑丈そうなしっかりした体軀《たいく》、太い眉の下には鋭く光る一重の目。人相書にあったそのままの顔だった。

雨粒が顔に張りついてくる。庭には騒ぎに驚いたらしい燕たちが、視界を切るように飛び交っている。

「添田長十郎だな」

伝次郎の言葉に、長十郎の太い眉がぴくっと動いた。

同時に右足で湿った地面を蹴り、正面から斬り込んできた。

伝次郎は横に払ってかわし、長十郎の撃ち込みを防ぐように、胸の前で刀を垂直に立てた。

案の定、詰めようとした長十郎の足が止まった。

「きさま、なぜおれの名を？」

「何もかも調べずみだ。どうやって店の者を、二十六人を殺めた」

「………」

「殺された奉公人たちは、きさまらが店に押し入ったことに誰も気づいた節がない」

「そんなことはどうでもよい」

言葉を返すなり、長十郎が斬り込んできた。胴を払うと見せかけ、すぐさま刀を引いて上段から斬り込んできたのだ。

伝次郎は独楽《こま》のように右にまわりこんで、長十郎の刀をかわすなり、太股を狙って刀を横に振った。長十郎は身軽に跳んでかわし、いったん間合いを外して離れた。

そのとき、権八郎の小者の悲鳴のような声が聞こえた。

「旦那、大丈夫ですか！」

叫びながら権八郎に駆け寄っているのは、小者の忠次だった。

伝次郎ははっとなってそっちを見た。

権八郎が肩のあたりを押さえて、よろめいていた。

伝次郎のその一瞬の隙を狙って、長十郎が右面左面と撃ち込んできた。伝次郎は右へ左へと払いながら下がると、さらに大きく下がった。

近くの椿《つばき》のそばに粂吉と与茂七がいた。

「粂吉、与茂七、白川さんを助けるんだ！」

六

条吉と与茂七が、庭を大きく迂回《うかい》するように、怪我をしている権八郎のほうへ走っていった。

「うぉー！　おー！」

獣じみた悲鳴をまき散らしながらぬかるむ地面に倒れ、なおも転げまわっている男がいた。そのそばに、刀を八相に構えた久蔵が立っていた。

しかし、久蔵が止めを刺すまでもなく、男は息絶えた。それを見た久蔵は、一度伝次郎を見、

「助を……」

と言って、近づいてこようとした。

「それより白川さんを」

伝次郎の言葉で久蔵ははっとなり、小者たちの介助を受けながら庭の外に連れ出されている権八郎を見た。

「伝次郎、まかせたぞ」

久蔵はそのまま庭の外に出て行った。

「どりゃー!」

長十郎が気合い一閃《いっせん》、鋭い斬撃《ざんげき》を撃ち込んできた。

がちっ。

伝次郎は鍔元《つばもと》で長十郎の刀を受けると、そのまま腰を入れて押し返し、さらに力を入れて押し倒した。

長十郎は尻餅をついたが、敏捷《びんしょう》な身のこなしで、横に跳んで中腰のまま刀を構え直す。

(こやつ、しぶとい)

久しぶりに手こずる伝次郎は胸中でつぶやく。長十郎が道場の師範代をやっていたというのを思い出したのはそのときだ。

なるほどと納得はするが、斬られてはたまらぬ。軽傷を与え、取り押さえるつもりだったが、もはやその必要はないと判断した。

「手加減はせぬ」

伝次郎は吐き捨てるように言って、さっと刀を背後に引いた。両手で持った愛刀を腰のあたりに据《す》え、切っ先を背後に向けたのだ。

長十郎の目が怪訝《けげん》そうに動いた。そのとき、母屋《おもや》から煙が湧き出してきた。ぱちぱちっと音がしたと思うや、霧雨のなかに火の粉が見えた。

伝次郎は視界の端でその火の粉を見たが、敵は目の前にいる。殺気をみなぎらせ、目を光らせながら、伝次郎の隙を狙っている。

じりっと伝次郎は間合いを詰める。後ろに引いた刀身は、長十郎からは見えない。間合いを詰めてきた長十郎の片足が、小さな水たまりに入った。伝次郎が間合いを詰めたのはそのときだった。

すっと半尺、さらに半尺。爪先で地面を嚙み、刀をにぎる手の力をわずかに緩《ゆる》める。

長十郎の上体が大きく持ちあがり、刀が大上段にあげられた。そのまま唐竹割《からたけわ》りに、撃ち込んできた。

伝次郎はとっさに左前方へ体を送り込みながら、腰の刀をすくいあげるように振り切った。長十郎の刀は空《くう》を切っていたが、伝次郎の刀は腰から胸にかけて斬りあげていた。

伝次郎が短い残心《ざんしん》を取っている間に、長十郎の体が湿った地面にゆっくり倒れていった。

「くそ、こんな……」

それが長十郎が最期につぶやいた言葉だった。両手の指で地面をひっかいたまま息を引き取った。

長十郎ひとりを斃《たお》すのに手を焼いた伝次郎は、母屋を見た。炎があがっていた。突き破られた雨戸から、もうもうとした煙といっしょに赤い炎が吐き出されていた。戸口の前に、半兵衛の小者・幸三郎と甚兵衛が立ち往生するように立っている。

「半兵衛はどこだ？」

伝次郎が駆け寄ると、

「家のなかです」

と、甚兵衛が青い顔で答えた。

伝次郎はそのまま戸口から家のなかに入ろうとしたが、煙と炎に押し返された。

「裏に！　誰か裏に来てください！」

声が母屋の反対側から聞こえてきた。久蔵の小者・八兵衛の声だった。

「誰か裏へ！」

伝次郎がとっさに声を張ったとき、久蔵が戻ってきて、

「おれが行く」

と、いって駆け去って行った。

「お貞と伊三郎、熊沢はどうした？」

伝次郎は甚兵衛に聞いたが、わからないと首を振り、家のなかではないかと心許ない顔をする。

伝次郎は縁側に駆け寄った。雨戸を蹴破れば、なかに入ることができる。

「旦那！」

母屋に入ろうとしたとき、戻ってきた条吉が伝次郎を羽交《はが》い締《じ》めにして引き止めた。

「火のなかに入っちゃ命がありません。やめてください」

「放せ、半兵衛がいるんだ！」

伝次郎は条吉を振り払うと、一枚の雨戸を蹴破って火のなかに飛び込んだ。

視界は利かない。充満する煙の向こうに、蛇の舌のような炎が渦巻いている。

伝次郎は羽織の袖で口を塞ぎ、足を進めた。燃えさかる炎が顔にあたる。着物は濡れているから、すぐに燃えはしないだろうと、息を止めて先に進む。

「半兵衛、半兵衛！」

声を張ってすぐに口を塞ぐ。

茶の間のほうに行ったとき、半兵衛が倒れていた。なんと倒れた茶箪笥の下敷きになっていたのだ。

「半兵衛！」

声に気づいた半兵衛が顔を向けてきた。そばで炎が渦巻いている。

「いま、助ける、しっかりしろ！」

伝次郎が前に出たとき、何かにつまずいた。死体だった。ギョッとなって見ると、熊沢卯之助だというのがわかった。

半兵衛は意識が途絶えそうになっているのか、そばに来た伝次郎を呆《ほう》けたように見てくる。

「半兵衛、いま助ける。しっかりするんだ」

伝次郎はそばに行って、脇の下に腕を入れた。そのまま倒れている茶箪笥から引きずり出そうとしたができない。

「くそッ」

吐き捨てて茶箪笥を力まかせにひっくり返した。そのときに起きた風のせいで、炎があがった。天井の梁《はり》がメラメラと不気味な音を立てている。

火の粉が散り、煙で息が苦しくなる。煙が強烈に目にしみる。

「しっかりしろ」

伝次郎は今度こそ、半兵衛の両脇の下に腕を入れて土間に転げ落ちた。

「逃げてください。もう、いいです」

半兵衛が弱々しい声で言う。

「見殺しになどできぬ。しっかりするんだ」

伝次郎は半兵衛の襟をつかんで、勝手口まで這っていった。這うことで煙から逃れることができた。もうそこが勝手口だというとき、座敷のほうでガラガラと音がして、ぶおっと炎が燃えさかり、その一部が台所まで流れてきた。

土間の地面に伏している伝次郎と半兵衛の上を炎が流れていった。

伝次郎は力を振り絞って、半兵衛といっしょに表に転がり出た。激しく咳《せ》き込み、新鮮な空気を肺に送り込み、半兵衛を引きずるようにして母屋から離れた。

「半兵衛、しっかりしろ。大丈夫か」

半兵衛はぼんやりした目でうなずいた。

「伊三郎とお貞はどこだ？」

わからないと、半兵衛は首を振る。

「逃がすな！」

声が聞こえてきた。久蔵の声だった。

「半兵衛、もう大丈夫だ。ここで休んでいろ」

伝次郎は安全な夏茱萸の向こうまで半兵衛を連れていくと、そのまま声のほうに向かって駆けだした。

七

伝次郎は竪川沿いの道に出たとき、久蔵の姿を見た。その背後を与茂七、八兵衛、貫太郎が追いかけている。

久蔵の前を黒鉄の伊三郎とお貞が逃げている。

本所茅場町の自身番にある火の見櫓《やぐら》の鐘が打ち鳴らされていた。火元が近いという早鐘《はやがね》である。河岸道には人だかりができていて、煙のあがる方角を見ていた。火消人足《ひけしにんそく》の姿はまだない。

逃げていたお貞が足をよろめかせて、濡れた地面に転がるようにして倒れた。いつしか雨はやんでいた。

逃げる伊三郎はお貞には目もくれずに、南辻橋のほうに向かっている。

久蔵が与茂七たちに何か指図をした。それを受けた与茂七たちが、倒れて起きようとしていたお貞を捕まえた。

伝次郎はその横を駆け抜けながら、

「まかせた」

と、一言声をかけて久蔵のあとを追う。

必死で逃げていた伊三郎が、新辻橋の手前に止まっていた猪牙舟に乗り込み、船頭を川のなかに突き落とした。そのまま櫓を漕いで西のほうに逃げる。

もう一歩のところで間に合わなかった久蔵は、舟着場で立ち止まり、伊三郎の乗った猪牙舟を短く見送ったが、すぐに河岸道を駆けた。川沿いに猪牙舟を追うつもりなのだ。

「松田さん！　松田さん！」

伝次郎は声を張って久蔵に声をかけたが、火事を知らせる早鐘と周囲の喧噪《けんそう》が邪魔をしているのか気づかない。

伝次郎は南辻橋をわたると、自分の猪牙舟に飛び乗り、舫いをほどくなり、棹をつかんだ。そのまま猪牙舟を川中に進め、棹を使って舳を方向転換させ、伊三郎の舟を追う。

「伝次郎！」

しばらく行ったところで久蔵が気づいて声をかけてきた。

「もう逃がしません」

「生かして捕まえるんだ！　斬るな！」

伝次郎は忠告にうなずいて、棹を忙しく動かした。

伊三郎は必死に櫓を漕いでいるが、伝次郎はみるみるうちに猪牙舟を接近させた。

猪牙舟の速さに合わせて、久蔵が河岸道を小走りに駆けている。

「伊三郎！」

伝次郎が声を張ると、必死に櫓を漕いでいた伊三郎がギョッとした顔を振り向けた。

ちょうど三ツ目之橋《みつめのはし》をくぐり抜けたときだった。

「もう逃げられはせぬ」

伝次郎が猪牙舟を寄せると、伊三郎は慌てて舳《みよし》を緑町河岸のほうに向けた。竪川の北岸である。河岸道を追いかけている久蔵は、反対側の岸にいた。

伝次郎は自分の猪牙舟を伊三郎の舟にぶつけるようにして横付けすると、そのまひらりと飛び移った。

大きく舟が揺れ、伊三郎は舷側《げんそく》にしがみついた。だが、すぐに腰の刀を抜き、中腰で身構えた。

「伊三郎、ここまでだ。観念して刀を捨てるんだ」

「来るな、来るんじゃねえ！」

伊三郎はつばを飛ばしながら刀を振りまわした。四角い顔に汗が浮かび、その汗が顎からしたたり落ちている。息を乱れさせ肩を大きく動かしていた。

伝次郎はゆっくり近づいた。

「野郎、来るんじゃねえッ」

伊三郎は団子鼻をふくらませ、眼光鋭い大きな目を吊りあげている。

「往生際《おうじょうぎわ》の悪い野郎だ」

伝次郎が刀を振りあげると、伊三郎が刀を突き出してきた。伝次郎は軽くはじき返し、同時に首の付け根に刀を打ちつけた。峰打ちである。

「うぐっ……」

伊三郎は小さなうめきを漏らして、そのまま舷側にもたれるようにして意識を失った。

伝次郎は岸壁にその舟を着けると、自分の猪牙舟を棹を使って引き寄せた。久蔵が三ツ目之橋を駆けわたってそばにやってきた。

「よくやった」

久蔵は声をかけてから、あっという間に伊三郎の体を捕り縄で縛《いまし》めた。

「どうします？」

伝次郎は久蔵に聞いた。

「白川さんと半兵衛がいる。一度戻ろう」

久蔵はそう言いながら太り気味の伊三郎を、伝次郎の猪牙舟に移し替えた。気を失っていた伊三郎が目を覚まし、伝次郎と久蔵をにらんだが、言葉は発しなかった。憤然とした顔で、舟底に尻を据えて大きなため息をついた。

本所茅場町周辺には人だかりがしていた。駆けつけてきた火消人足が忙しく動いていれば、火事見物に来た野次馬がいる。不安そうに様子を見ている町の者もいた。

伝次郎が舟に久蔵と伊三郎を残して河岸道にあがると、

「旦那」

と、与茂七が近づいてきた。

「白川さんと半兵衛はどうした？」

「あそこにいます」

伝次郎は与茂七が顔を向けたほうを見た。

後ろ手に縛られたお貞のそばに、権八郎と半兵衛、そして小者たちが立っていた。

周囲は火事で騒然としていたが、その場だけ刻《とき》が止まったような空気に包まれていた。

「黒鉄の伊三郎を押さえました」

伝次郎が報告すると「うむ」と、権八郎がうなずいた。

「お怪我は？」

「大した傷ではない。懸念無用だ」

権八郎は一度自分の右肩のあたりに手をやってから答えた。

「調べはどうされます？」

「まずは番屋で調べる」

「では、伊三郎を連れてきます」

八

猪牙舟に戻った伝次郎は、久蔵といっしょに伊三郎を河岸道にあげた。そのまま、本所茅場町の自身番に押し入れた。

「黒鉄の伊三郎、きさまも年貢《ねんぐ》を納めるときが来たってわけだ。洗いざらいしゃべってもらうぜ」

権八郎は伊三郎をにらむ。その隣に半兵衛が腰を下ろした。

先に自身番に入れられたお貞は、しょぼくれたようにうなだれていたが、伊三郎は最後の虚勢を張っているらしく、天井の隅をにらんでいた。

「白川さん、あとはおまかせしてよろしゅうございますか」

伝次郎はそう言って、久蔵と顔を見交わした。久蔵は意を汲《く》んだ顔をした。

「付き合わぬと言うか……」

「そやつは白川さんが追っていた悪党でしょう。わたしらの出る幕ではありません。それに、この一件を最初にまかされたのは半兵衛です。ここはお二人にまかせるのがよいかと存じます」

「沢村……」

権八郎がにらむように見てきた。

「小憎らしいやつだ」

そう吐き捨てたが、口許に笑みを浮かべていた。

「待ってください」

慌てたように半兵衛が伝次郎を見た。

「拙者は助けてもらいました。伊三郎を捕まえたのは沢村さんです」

「半兵衛、いいのだ。これは端《はな》からおぬしの仕事だった。それにおれは助を申しわたされただけだ。最後の始末はおぬしがつけるべきだ」

伝次郎は言葉を返した。

「しかし……」

半兵衛は戸惑い顔を権八郎に向けた。

「沢村がそう言っているのだ。それに松田も文句のない顔をしている。そうだな」

権八郎は久蔵を見て言った。

「さようです。調べは二人で十分でしょう。悪党二人に、四人でかかることはないと思います」

久蔵はそう答えた。

「半兵衛、さようなことだ」

権八郎に諭された半兵衛だったが、すぐに伝次郎をまっすぐ見た。

「沢村さん、恩に着ます。ありがとう存じます」

両膝を揃え頭を下げる半兵衛の目が潤んでいた。

自身番の表に出ると、火事見物に来ていた野次馬が連れ立ってそれぞれの方角に帰っていくところだった。近くの商家や長屋の連中も、ホッと胸をなで下ろしながら、

「あの家が離れたところにあってよかった」

「丸焼けだけど、しかたねえだろう」

「飛び火がなくて、よかったよかった」

などと、口々に言っていた。

伝次郎は自分の手先二人と、久蔵とその手先二人を猪牙舟に乗せて竪川をゆっくり下った。

ついさっきまで斬るか斬られるかの死闘を演じていたのだが、周囲の景色はいたって穏やかだった。

雨がやんだせいか、河岸道を行き交う人の数も多い。

「与茂七、いかがした」

久蔵が舳の近くに座っている与茂七に声をかけた。

「面白くないです」

与茂七が振り返って言い、伝次郎に矢のような視線を向けてくる。

「白川さまと加納の旦那は、何もしていないじゃないですか」

「そんなことはない。添田長十郎のことを調べ、黒鉄の伊三郎を割り出したのだ。他にも手を尽くしている」

諭す久蔵は、口許に笑みを浮かべて伝次郎を振り返る。

「でも、最後に大きなはたらきをしたのは、旦那たち二人ではないですか」

与茂七は久蔵と伝次郎を交互に見る。

「そうではない。あの隠れ家を見つけたのは、半兵衛だ。そして半兵衛は熊沢卯之助を倒している。白川さんは怪我をしたが、それも賊を捕まえるためであったのだ。文句は言えぬ」

「お貞を押さえたのはおれたちです」

「うむ、そのことは褒めてつかわす。しかし、それもみなが力を合わせたからではないか。ひとりではできぬのだ」

「でも、おかしいです。手柄はすっかり、あの二人の旦那のものになるじゃないですか。それなのに……」

与茂七は言葉を切って伝次郎を見てくる。

「最後の調べを加納さんと白川の旦那に譲っちまった。手柄はあの二人のものですよ。ほんとうは違うと思うんです」

「与茂七、もう何も言うな」

久蔵は与茂七の肩をやさしくたたいた。

「伝次郎はそういう男なのだ。おまえにもわかるときが来る」

「お、おれはわからねえ。悔しい……」

与茂七は肩をふるわせて、大粒の涙を頬に流した。

伝次郎はその背中を眺め、久蔵と顔を見交わして小さくうなずいた。

「ちくしょう。なんでぇィ……。人が好《よ》すぎるじゃありませんか」

また与茂七が言葉をついだ。

「人がさ、好すぎますよ、旦那たちは！　でも、おれはそんな旦那たちが好きだ！」

叫ぶように言った与茂七は、嬉しそうに笑いながら泣いていた。

竪川をゆっくり下る伝次郎の猪牙舟は、やがて大川に出た。あとは川の流れにまかせて舟をすべらせるだけだ。

雲の隙間から日が射し、ゆっくりうねる川面を照らした。空に目を転じると、幾筋もの光の束が地上に延びていた。

九

翌日の午後、伝次郎は筒井奉行の下城刻限を見計らって南町奉行所に入った。内玄関で筒井への面会を求め、そのまま用部屋の奥の廊下に待機した。

待つほどもなく、内玄関が慌ただしくなり、すぐに筒井の姿が見えたが、そのまま住居である奥に消えていった。

しかし、言付けはしてある。じきに面会は許されるはずだと、伝次郎は端座《たんざ》して待つ。

「沢村様、用部屋においでくださいませ。お奉行がお待ちです」

若い中番が来て告げたときは、筒井が帰ってからさほどたってはいなかった。

用部屋の前で両手をついて声をかけると、「入れ」と、静かな返事があった。

伝次郎は頭を下げたまま作法どおりに用部屋に入り、下座に畏《かしこ》まって座った。

「面《おもて》をあげよ」

伝次郎は顔をわずかにあげた。筒井は口辺に笑みを湛《たた》えていた。まだ着替えてはおらず、登城時と同じ麻裃のままだった。

「此度の恵比寿屋の一件であろう。わかっておる」

「お奉行には大変なご無理を申しあげ、またご迷惑をおかけいたしました。お叱りではすまされぬと覚悟のうえで罷《まか》り越しました」

「大仰《おおぎょう》な……」

筒井は「ふふ」と、小さく笑った。

伝次郎ははっとなって、筒井を見る。年齢のわりには、艶《つや》のあるふくよかな顔に笑みを浮かべていた。

「当役所で狼藉をはたらいた松井助三郎のことであろう。そなたの推量は無理からぬこと。同じ晩に恵比寿屋が襲われ、残忍な殺しがあったのだ。その他にも三件の殺しが起きていた。松井助三郎を賊の仲間と考えたのは、いたしかたなかろう」

「はっ」

伝次郎は恐縮するしかない。

「あの者はかなり酩酊《めいてい》しておったと聞いておる。そのうえ、おのれの仕業を深く後悔もしていたと、さように吟味方から報告を受けておる。屹度《きっと》叱りですませたが、短い牢暮らしで存分に頭も冷やしたであろう。あれはあれでよい」

「では……」

「懸念無用じゃ。そなたにはこれからも、はたらいてもらわなければならぬ。それに、賊の頭とその仲間の女を無事に取り押さえた。そなたのはたらきが大きかったこと、わしはよくわかっておる」

「まことに……」

「沢村、気にすることはない。さて、わしは詮議にかからなければならぬ」

筒井はすっくと立ちあがり、一言付け加えた。

「沢村、ご苦労であった」

伝次郎は胸が熱くなった。下情《かじょう》に通じ、篤実《とくじつ》な奉行だというのはよくわかっていたが、これほど人心をつかむ方なのかと畏れ入るしかない。

筒井の気配が消えてから、伝次郎はようやく頭をあげた。

それから二日後の昼前に、加納半兵衛が伝次郎の家を訪ねてきた。

まずは玄関で、黒鉄の伊三郎とお貞の調べが終わり、牢送りにしたことを報告した。

「それはよかった。ま、堅苦《かたくる》しい家ではない。あがれ」

伝次郎は座敷にあげて半兵衛と向かい合った。半兵衛はいつになく恐縮している。反抗的な表情も消えている。

「沢村さんには、なんとお礼を申してよいかわかりません。ただただ、謝意を表すのみでございます」

「半兵衛、おぬしらしくない。此度の一件、おぬしのはたらきが大きかったのだ。おれは助をしただけだ」

半兵衛ははっと顔をあげて、伝次郎を見た。

「わたしは命を、助けてもらいました。見捨てずに、わたしを救ってくださいました」

「あたりまえのことをしただけだ。それより……」

「は……」

「調べが終わったらしいが、そのことを教えてくれぬか。ずっとわからなかったことがあるのだ」

「なんなりと……」

「賊は恵比寿屋に入って、誰ひとりにも気づかれず多くの者を殺めた。不思議でしようがない。店には二十七人がいたのだ。なぜ、気づかれずに殺すことができたのだ」

「伊三郎は、お貞とは別に他の女を女中として送り込んでいたのです。おぶんという女で、こやつがあらかじめ女中や他の奉公人を短刀で殺していたのです。主夫婦も然《しか》り。賊が店に入ったとき、すでに十人近い者が手にかかっていました」

「すると残りの者たちは、伊三郎らの手にかかったというわけか。それにしても、おぶんというのは、恐ろしい女だ」

「そのおぶんも所詮は伊三郎の手先に過ぎず、その場で殺されています」

「ひどい話だ。それで、賊はやはり夜陰《やいん》に紛れて逃げたのだろうか？」

「それは沢村さんの推量どおりでした。賊の盗んだ金は四千両ほどありました。なぜ、恵比寿屋に目をつけたか問い質せば、よくよく調べてかなり貯め込んでいることがわかったからだと、伊三郎が白状しました」

「そうであったか」

「とにかく、此度はお世話になり、また数々のご無礼お許しいただきとうございます」

「半兵衛、おれは何も気にしておらぬ。おぬしはまだこれからの男だ。しっかりお役目を務めることだ。おれも助ができることがあれば、喜んで出向く」

「ははっ……」

　恐縮する半兵衛の目の縁が赤くなっていた。

「では、これにて失礼させていただきます」

　半兵衛が下げた頭をあげたとき、千草が茶を運んできた。

「あら、茶ぐらい……」

「いえ、役目がありますゆえ。失礼つかまつります」

　半兵衛は千草に断り、もう一度伝次郎に頭を下げて出て行った。

「ずいぶん、畏まっていらっしゃいましたが、あの方、なにか粗相でも……」

「粗相などしておらぬ。大きな手柄をあげた男だ。どれ、その茶をもらおう」

伝次郎は千草から受け取った茶をうまそうに飲んだ。


数日後——。

江戸には雲ひとつない真っ青な空が広がっていた。

町屋の上を舞う鳶が、楽しそうな声を落としていた。

その日が、千草の新しい店〈桜川〉の開店の日だった。

「いらっしゃいませ、いらっしゃいませ。お酒をどうぞ。お酒をどうぞ」

店の前を通る人に朗らかな声をかけるのは、手伝いに来たお幸だった。相変わらずほっぺが無花果《いちじく》のように赤い。しかし、亭主をもったせいか、心なし大人っぽくなっていた。

「お代はいりません。お酒をどうぞ。ささ、どうぞ。お代はいりませんよ」

与茂七も店開きの手伝いをしていた。近くに人が来れば声をかけ、升酒《ますざけ》を振る舞っている。その升酒を注ぐのは千草である。

店開きのこの日、千草は大盤振る舞いをすると、樽酒《たるざけ》を用意していた。その顔は嬉しそうに輝いている。

「遠慮はいりませんよ、一杯でも二杯でも飲んでいってください」

千草は酒を受け取る男たちに勧める。

「今日はお代はいりませんけど、店に来てくださいよ。うまい酒と肴を用意しておりますよ」

与茂七が気さくに言葉をかける。

「そうですよ。ちゃんと来てくださいね」

お幸もにこやかな顔で訴える。

いつしか店の前には人だかりができ、早くも酔いはじめた男もいた。大工や左官などの職人もいれば、侍もいる。新たに噂を聞きつけてやってくる車力《しゃりき》たちがいる。

「一杯もらおうか」

「おれにも一杯くれ」

ただ酒目あてにやってくる人は引きも切らない。

伝次郎は店の前に置いた床几に腰掛け、そんな様子を眺めていた。

店の前には「桜川」の立て看板がある。

それには「さけ　めし　肴」と書かれている。「桜川」という文字の染め抜かれた暖簾は、気持ちよさそうに風に揺れている。

店は間口九尺と狭いが、これは千草が深川でやっていた店と同じ広さだった。土間席の他に六人ほどが座れる小上がりもある。

「お酒はいかがですか、お酒はいかがですか。お代はいりませんよ」

お幸の声が晴れた空に広がる。

襷掛けに前垂れをつけた千草は、酒を注ぐのに忙しい。与茂七も呼び込みの声をかけつづけている。

伝次郎はそんな様子を眺めながら、口許に小さな笑みを浮かべていた。

光文社文庫

文庫書下ろし／長編時代小説
激《げき》　闘《とう》　隠密船頭《おんみつせんどう》（四）
著者　稲《いな》葉《ば》稔《みのる》

2020年3月20日　初版1刷発行

発行者　鈴木広和
印刷　新藤慶昌堂
製本　ナショナル製本

発行所　株式会社　光文社
〒112-8011　東京都文京区音羽1-16-6
電話（03）5395-8149　編集部
8116　書籍販売部
8125　業務部


ISBN978-4-334-77998-6　Printed in Japan



組版　萩原印刷